謝謝你走進我的景深

私の人生のストーリに
入ってくれて、ありがとう

蔡傑曦
— jc.tsai —
著

序

preface

謝謝你走進我的景深

一如往常的日子，下課後沿著台大側門獨自走到公館三號出口的公車站。遠遠就望見208號從前方駛來，挑了一個靠窗的位置，跟著車廂的晃動盯著羅斯福路上的車水馬龍來來去去。

想起去年年底，預備期末考的深夜，打開電子郵件信箱，裡頭躺著一封來自編輯的信，詢問我有沒有意願將在網路上發表的攝影與散文出版成冊。大一待過中文系的我，對於出版的想像是很遙遠的，甚至在腦海裡從未出現過「成為作者」的想法。熬了無數個夜晚，把自己掏空、填滿幾次，重新修改、翻出腦海裡的故事，然後一路歪歪斜斜地走到了這裡。

記得編輯問我對於出版這本書有什麼想法？我說，希望這本書在今年十月之前出版，算是送給自己即將跨過二十歲這個門檻的禮物。

公車一路搖晃，我想起了這一切的開始。

去年生日前夕，因為拍了一些學校活動的宣傳照，深刻感受到自己在攝影器材上的限制，便萌發了想要添購器材的想法。但因為家裡的弟弟妹妹年紀還小，無法大肆揮霍，而我也即將在幾天後滿二十歲，那是給自己的一個期許以及成年禮，希望透過自己的力量獨力完成這件事。就這樣，集資計畫誕生了。

用接案攝影的方式存錢更換器材，是我過去從沒想過的事。然而，消息發布後在網路上造成迴響，更是始料未及的結果。一個禮拜後，我在臉書上創立了名為「傑西散步」的攝影專頁，希望透過這個專頁記錄集資計畫往後的故事，也希望自己藉著寫下註解而為這些影像留下更完整的紀錄。散步對我來說便是走慢一點：透過打開所有感官去感知畫面、故事與情感的流動，揉和自己的感觸之後，將它們轉換成畫面、文字的一個過程。

打開所有感官去感知的後果是容易受傷的，卻也容易發現溫暖。在經過幾次的書寫之後，我始終這樣相信著。《蒙馬特遺書》裡有一段話是這麼說的：「我疼惜自己能給予別人，給予世界那麼多，卻沒辦法使自己活得好過一點。」有時，我也會感到無助，或是對於很多微小的情感覺得難受，但卻在這樣的過程裡逐漸練習，篩選出我想要保存下來、美好的畫面和記憶。拍照與書寫對我來說，很像一個去蕪存菁的過程，儘管會有這麼多的情緒，但我們可以選擇留下那些想要記得的感受和畫面。

選擇留下美好，大概是我目前正在做、也希望能繼續做的事，然而，這些美好不見得是一味地向著溫暖與光亮，它有可能是勇敢面對失去、難過的經驗，讓這些被留下來的畫面與文字為我們保管眼淚，然後，我們的生活就可以繼續向前。

這些故事就要出版成冊了，想到這裡，心裡仍是充滿感謝，謝謝我身處的時代有各式社群媒體讓我們隨時隨地在網路上創作、與讀者交流，也謝謝透過網路讓出版社看到了我。雖然書寫對我來說，某部分仍是很私密的場域，但還是感謝這些載體記錄下了每一段時光，儘管有一天我們都會遺忘。

「怎麼會想選擇攝影？」公車在南海路交叉口煞了車，我想起這個常被問到的問題。怎麼說呢？拍照是一個留下當下故事與記憶最直接的紀錄，而我也能透過影像發現除了自己生活以外、他人的美好。把自己藏進別人的故事裡，並且在其他人的故事裡找到自己，是多麼幸運的事。透過這樣的交流成為別人生命中的祝福，也讓其他人成為我們的祝福。

王鼎鈞在〈明滅〉裡寫道：「看到從失去的地平線下冉冉上昇的你，剎那間，斷絕的又連接了，游離的又穩定了，模糊的又清晰了。」歪讀原文的指涉，我之於未來，大概也是這樣的想法。從來沒有想過要以什麼為終身的志業，曾經想當畫家、主持人、或是進入劇場，攝影和書寫是幾次誤打誤撞而來的成果，但我相信只要我們願意堅持我們所相信的事情，生命會帶我們去到我們想去的地方。

每一個日常、每一次的對焦練習，為的都是讓所有的模糊再次清晰。

「我們應該讓當下的自己是最好的，」記得有次跟朋友聊起我曾經很害怕自己的作品太過生澀，「而不是永遠覺得明天會更好。」但她這樣回覆我：「讓現在的自己滿意，但是未來的自己不滿意，這樣才是成長。」我點點頭，懂了她的意思。

年初的時候去了一趟印度，進行影像紀錄的工作，在那兒，我看見自己生活以外的世界，除了親眼所見遠遠超出想像的不同，更多的是看見了自己的不足。當下清楚感受到我們對於世界的既有認知在我們看到更大、更真實的世界之後，都將顯得微不足道，但是，我們並不能為此而停滯不前。

「面對生活周遭的現實，以生命的長度去體驗，去進行精準的概念剖析，再經由影像創作來做自我概念的傳達。」這是我很喜歡的攝影師李旭彬的話，而我也一直這樣勉勵自己，不管是書寫也好、攝影也好，第一件事情就是誠實。現在的我，相較於其他創作者會覺得自己的作品還很生澀、淺薄，明白還有很多要學習及體察的。但我仍然感謝這樣的年紀與閱歷，讓我能用現在的樣子去感知這些單純和美好，也期待往後的日子能擁有更完整、更純熟的眼光。讓現在的自己是最好的樣子，這樣就好了。

公車在徐州路與林森南路的交叉口轉彎後，我緩緩步下公車。走回宿舍的路上，我想起一路上從學校輾轉回到宿舍的沿路風景。現在的我大概就是這樣的狀態吧，在人生的公車上，因著攝影與書寫看見了其中的一片片風景；等到有天下車後，當我回望，會明白沒有一段路是白白走過的，因為窗外的所有景色都是相連的。

謝謝你走進我的景深，我紀錄下了這一年來在鏡頭裡、鏡頭外的故事，謝謝每一個深深淺淺的身影。謝謝我們，就這樣義無反顧地走進彼此的歲月。

目次

contents

輯一 關於日常——對焦練習

輯二 關於憂傷——保管你的眼淚

輯三 關於感情——把你別在我的衣襟上

輯四 關於秘密——謝謝你忘記了

輯五

關於夢想——當景色都相連

輯一　關於日常——日常について、フォーカスの練習

對焦練習

再怎麼努力我們可以到不了遠方，
但是不能忘記怎麼回家。

01 不要忘記回家的路

每當台北下起雨，我就會想起那個陽光傾瀉的家鄉。

剛接到母親從台中打來的電話，跟她說了昨晚就已經買好儲備的食糧，這幾天應該會待在宿舍工作。說著瑣碎的同時，突然感受到母親的擔憂還是一個樣，我在她的心中仍然是個孩子。電話另一頭隱約聽見弟弟妹妹待在家裡的聲音，像是之前高中每個週末醒來時，耳邊聽到他們玩耍時小小的笑聲。

突然發現這是我這幾個禮拜以來第一次好好跟家人說話；學會長大，就好像得學會讓時間把一切都放大，把自己的未來放大、把自己的意見與想法都放大，回家的路也被拉得好長。

我一直以來都是家中最小的兒子，直到國小三年級最大的弟弟出生，也因為住在一起生活著，對家人並沒有特別濃烈的情感。考上大學後，一個人獨自拖著行李來到台北，才明白不管帶上多少行囊，都裝不進對於家的想念。

離開家後的我，對於拼湊這個世界逐漸完整，好像踏遍了每一個角落，卻怎麼都踏不上那條回家的路。

上一次意識到自己長大，是母親又問起我的近況，我懂得報喜不報憂了。我過得很好、飯都有準時吃、晚上沒有太晚睡，對母親撒點小謊並不是想要拿到小時候期待的印章獎勵，而是不想讓母親擔心；如何成為一個好兒子和一個好兄長，是我這輩子一直在學習的事。

每每回家，我都覺得弟弟妹妹又長更高了，那是一種看到他們成長的喜悅、卻又希望他們永遠單純的矛盾。《麥田捕手》裡的霍爾頓說：「成長很像成千上萬個孩子在一大片麥田裡面奔跑，而他就站在懸崖邊守護那些在麥田中遊戲的孩子，若是有人跑到懸崖邊，他就會去抓住那些孩子，以免他們落到懸崖下面。」可以的話，我也想成為弟弟妹妹的麥田捕手，

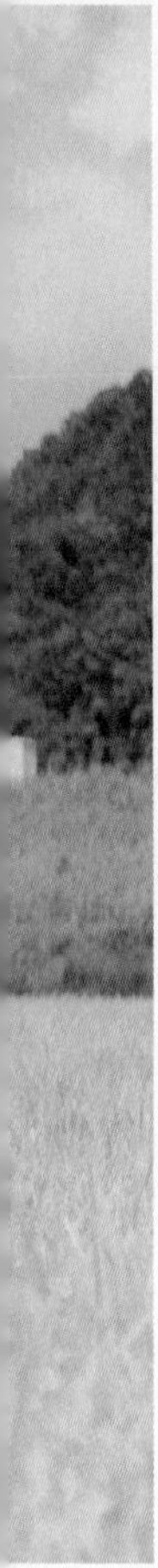

確保他們踏上的是一條不會受傷、不會失望的路，但心底卻也知道跌倒之後才有真正的成長。

上次回家，兩個弟弟清空了餐桌，在桌上架了個可拆式的桌球網、打起了乒乓球，我和最小的妹妹則坐在一旁，一邊攪動著杯裡的麥片、一邊觀看兩個小兄弟的球賽。橘黃色的球一乒一乓的來回跳動，讓我想起了電影《真愛每一天》。男主角在父親離開後被問起了想要回到哪一段時光，他說：「他想要再和爸爸打一場桌球」，鏡頭便轉到父親離開之前，父子倆在客廳裡打桌球的光景。

我想，往後日子裡想到一起走過的時光，腦海中浮現的畫面，都是那些盛大之外，最平凡的場景。所以只要一有空回家，就會陪著家人一起吃早餐，然後牽著弟弟的手、踩著紅紅的磚去上學，那大概是離家讀書之後，我能陪伴他們留下的成長軌跡。

長大的課題我一直在學習，能否成為理想中的樣子是個永遠無解的問題，風和雨也會不停地吹進無奈的生命，但我們可以選擇帶著僅有的陽光繼續上路；一路上，我們努力學習寬厚、學習坦蕩，但我也一直明白，再怎麼努力我們可以到達不了遠方，但不能忘記怎麼回家。

02 知足

有一陣子特別喜歡看字型設計相關的書，因為那樣的科普知識提供了更細微的觀察角度，也讓自己多了一種看待周遭細節的眼光。因緣際會下，聽了一場關於字型設計的講座，講師在台上說著「字體」是一種風格，「字型」則是把字體具體化，成為一種可以被使用的產品，其中最小的單位則是「字形」，代表著單一文字的形狀。

我在台下做筆記，突然覺得我們每個人也都在用一種形狀在世界上生活著，不管長的、短的、圓的、方的、粗的還是細的；一些朋友、一群人可能形成一種生活方式，再更巨觀一點，可能就是一種信仰或價值體系。儘管這樣，每種形狀還是保有自己的樣子。

前幾天通識課結束時，坐在隔壁的同學和我說起他想重考，因為就讀的科系身邊的人並不支持。「你喜歡你現在讀的東西嗎？」我問他，「喜歡啊！但是喜歡又沒有什麼用。」離開教室後，我一個人走在教學樓旁長長的走廊，突然覺得自己渺小的很卑微，哪些人的未來會燦爛、哪些人的未來會黯淡，似乎都已經被我們身上可以計算的數字與條件決定好了。

「混一口飯吃沒什麼難的，難的是堅持用自己的方式活著。」我想起一位長輩曾經說，「如果現實和夢想能兼顧，那當然最好。但通常我們只能選擇一個，用夢想換現實、或是用現實換夢想。」那如果，我們願意讓夢想成為現實的一部分，把夢想規劃得更實際，或是讓現實成為實現夢想的步驟；對我來說，這並不是向現實妥協，而是在這麼多因素和考量中，平衡出一個能讓自己一邊生活、一邊前進的方法。

拆解「知足」這個詞，就是「知道自己的腳要往哪走」。是因為堅定自己的方向，所以知足；還是因為不管怎麼樣我們都正前往一個遠方，所以知足？我想，知足並不是指對於每件事都有明確的目標，生活中總有茫然的時候，而是因為相信自己的每一份努力都不會白費，所以我們願意珍惜當下所擁有的一切。

我想起那位同學焦慮的臉龐，儘管一路上可能會有人過來幫忙、也可能有人不看好，但往後面對的每一條路，都只有靠自己才能走完，也只有自己能為自己的選擇負責。我一直覺得自己多麼幸運，才能夠成為現在的我，然而，這樣的幸運並不是白白得來的，我同時也知道自己很努力。

就像每個字形擁有的一勾一劃，不管是一個點、一橫撇、還是一斜鉤，只有自己能夠成為現在的自己。台上的講師講解著一些關於字型的常識，聽著隔壁的同學刷刷刷地抄寫筆記，我趕緊把投影幕上的資訊拍下來，想著待會又要跟同學借筆記了。大概就是這樣吧，儘管我也還沒有一個確切的目標，但不要緊的，至少我知道我一直為了自己在前進著。

03 願望二號三號

之前擔任實踐大學服裝秀複賽的側拍攝影師，邀請我的是一位曾在營隊認識的學姊。那天一早踏入學姊家，看到她在設計圖旁貼滿了「我要入圍」的字樣，行事曆上也把四月的決賽日期圈起來。我心想，這麼美的作品是用了多少努力堆砌而成的，這一定會成功的！

後來成績公佈了，學姊的作品並沒有入圍；雖然沒有很清楚整個比賽的規定，但入圍對他們來說是畢業前的最後一次機會、也是最重要的肯定。我來來回回檢查多次，確認了入圍名單上沒有學姊的組別，心裡很難過，好像費盡心力翻山越嶺到達的遠方，入眼卻是一片荒蕪。

記得高三學測考完後的當下，我覺得我的世界要毀滅了；給自己的所有期待在踏出考場的那刻瞬間瓦解，每一天都在承受夢想石化了，然後一片片剝落。之後，意外透過繁星計畫進入中文系的我，卻因此培養了對於寫作的興趣及底蘊，也在迷惘和徬徨之中接觸到攝影，然後才慢慢形成我現在的樣子。沒想到曾經那樣的失落以及對自己的憤怒，卻在往後的日子帶我抵達了意想不到的地方、完成了我從沒想過的事。

前陣子和朋友討論到電影《比海還深》，裡面問到：「如果有一天，我們沒有成為理想中的大人呢？」電影總是歌頌完成夢想的喜悅，但現實中的我們卻必須經歷好多個失敗才有一個被看見的可能，甚至是終其一生都沒有實現當初夢想的機會。那麼，我們一直以來所堅持的事情就沒有價值嗎？

假如我們願意擁抱每一次的結果，飽滿每一個當下，不管成功或失敗，那些經驗都將成為生命中無法輕蔑的重量、讓往後的日子更加堅定踏實。因跌倒而噴濺的塵土，終會成為日後繼續前進的養分；每一次的嘗試都是一片片小小的窗，等到我們走得夠遠、回頭打開窗戶時，才能發現窗外的景色其實是相連的。

學姊在她的感謝文裡引了電影《千鈞一髮（Gattaca）》的名言：「I never saved anything for swim back.」好開心能看到妳每一次的嘗試都是將自己奮不顧身地投擲出去，那我也送妳這部電影另一句我很喜歡的話：「No matter what kind of flaw you have, you still have yourself and the hope.」

這不過是妳的願望一號而已，跌倒了沒關係，還有願望二號、三號！

04 生活才算數

和朋友討論起幾個流行的社群媒體，從國中時期大家常用的無名小站、高中漸漸興起的臉書、一直到目前最被大家使用的Instagram，好像每個世代都有一個專屬網路媒介來定義我們當下的存在。

有時不免懷疑這些社群媒體存在的必要性，但又會在不知不覺中受到這些媒體的影響。我感覺，現在的人們似乎很享受把自己縮得很小，塞進小小的手機屏幕裡。像是在裡面溫暖就溫暖了，幽默就幽默了，幸福就幸福了，照片色調調得一樣、取景構圖、版面整齊，一切就完好無缺了。

現實生活與網路世界好像有一種互補的平衡，現實生活中得不到的關注與掌聲可以透過網路世界來補足，而網路世界裡光鮮亮麗的人們好像就過著一樣明亮光彩的人生。

幾個月前，我也很在乎自己在網路上的樣子以及那些時上時下的追蹤數字，好像這就定義了我是不是一個活在世代裡的年輕人。記得有次被一個曾經要好的朋友退追而難過了好一陣子，彷彿生活的輪廓就此缺了一角。當下的我難過的是，曾經要好的朋友竟然連遠遠的記得、關心都不要了，甚至連在網路上壓下一個愛心也不願意。後來想想，是我太在意這虛擬世界，好像按下讚就代表我們仍然參與彼此的生活。「那你不會心疼你們的關係嗎？」後來我與另一位朋友提到這件事時，他問我，「會啊，但是一個追蹤按鍵並不能定義我們的關係，我們生活裡的模樣也不僅只是建構在網路上的，雖然那可能是部分的我們。」在回答他的時候，我突然有個想像，如果某天那個我們賴以為生的網路沒有了，是不是也就沒有證據足以證明我們曾經存在過。

後來我刪掉了那個可以查看有沒有互相追蹤的App，一些跑動的數字與經過剪裁的照片並不能定義我的生活狀態；雖然我仍會收集自己瑣碎的感受、轉化成一個個文字與影像穿梭在平行的網路世界裡，但我明白那不是我的所有，真實生活與網路世界的我，都歡迎所有的人路過、錯過或是停留。

這個世代讓我們的相遇變得方便、卻也讓分離變得不那麼絕對，網路讓我們靠得更近卻又像是相隔很遠。我明白了網路只是生命中的其中一條途徑，並非我們的目的，就算沒有誰的日子，我仍然可以照常去吹風、照常去淋雨，照常溫暖、照常幽默、照常幸福。

活出一個自己喜歡的生活，那樣才算數。

05 不後悔的決定

幾天前幫一個家庭拍照全家福，當時我最喜歡觀察長輩相處時的畫面，有一種說不上來的浪漫。

不禁想著這樣的浪漫需要磨合多少歲月才能完成？要犧牲多少自己才能成就更完整、更長遠的彼此？看著爺爺牽著婆婆的手，婆婆時不時指示說要好好聽攝影師的話，這樣照片才會「水」，就覺得好可愛，也讓我想起小時候社區裡的一對老夫妻。

記得小時候上學都要穿越家裡附近的公園，約莫是早上七點多，遠遠的，就會看見爺爺牽著奶奶的手在公園裡散步，走得不快、好像那個速度才足夠讓他們守護彼此，三百六十五天、天天都可以看見他們牽著手的身影。

「爺爺早安！」「奶奶早安！」每天遇到他們時我都會打招呼，當時小小的我也會期待著他們不時給予的小零嘴。記得爺爺的聲音很低沉，但是說起話來特別慈祥，他看到我的時候總是緩緩地說：「欸！又要去上學啦！」然後瞇著眼睛對我笑，這樣的場景，是我小時候一再重複的溫柔與平凡。

後來才知道，那對夫婦原來就住在隔壁的大樓裡，總是在陽光剛灑下的清晨相互牽著手到旁邊的公園散步，這是他們重複了七年多的日常，自從搬進這個社區後就這麼做了。我想，若是一輩子的盡頭能有一個人這樣陪伴，一日復一日，那就是這一生最平凡卻也最燦爛的事了。

那天收工之後，我在備忘錄裡緩緩地打下一段文字，覺得好飽滿、同時也好幸福：

「再一起把剩下的地圖走完吧，牽著妳的手，
哪怕公園就是我們的全世界。
就算沒有看完所有的海浪與星宿，也知道唯有妳，
是我從來沒後悔過的決定。」

06 補齊你的缺口

高二時，認識了女孩，她總給人一種溫暖的形象；好久沒見了，一見到她還是如我們初識時那般溫暖。

拍照的那天陽光很大，和著緩緩的風，我們沿著學校的小徑騎著腳踏車，聽她說著一些後來的人生、我也偶爾分享一些關於生活的瑣碎想法，從她的笑容和談吐，我發現她更成熟了。

我相信所有的成熟背後，都有著之所以這麼選擇的原因。「因為之前的感情經驗和家庭的關係，我是個……算是比較沒有安全感的人。」經過湖邊時，她悄悄地和我說，「我並非生長在沒有愛的家庭，只是我的家庭給予愛的方式比較不一樣，我是獨生女也是單親，常常要面對家人之間的爭執；也不是不願意跟他解釋或是訴苦些什麼，只是害怕說了，我的背景會讓他感到壓力。後來我發現隱瞞雖然不是欺騙，但卻是某種程度的不信任，也就是某種程度的缺乏安全感吧！」

「談戀愛從來不僅僅只是你情我願，也不是兩個人互相喜歡就一定可以在一起。你喜歡一個人，不能只是接受他的優點，要愛屋及烏，包括他的缺點、他的生活、世界、周遭以及家人。」我看著她，想起上一次見面她還是個小女生的樣子，「儘管沒有以結婚為前提如此隆重的方向當作彼此的努力目標，但是對我來說，對彼此家人的接納或是對方的家庭狀況，一定會是個考量因素。」

「所以，我很害怕有一天，當他知道我那些從未對人提起的家庭，他會感到壓力，從我身邊離去。」

後來的某一天，她因為承受不住而崩潰大哭，沒想到男孩只是抱著她，聽她把一切都說完，他拍拍她並且說：「我喜歡的是妳，談戀愛的對象也是妳，既然那是你的一切，我就只要學著如何跟你一起面對、如何陪伴妳度過這些時光。」於是，他和女孩一起走到了現在。

「現在的他，給我一種家的感覺，」這時、她偷偷轉過去瞥了一眼騎在後頭的男孩，輕輕地笑了，「就像誰的生命中總有幾個破碎的缺口吧，是他幫我補了起來。」男孩不會特別強調怎麼給予她安全感，而是偶爾寫張紙條或是傳長長的訊息給她；他會靜靜地出現、但從不悄悄地離開，默默陪伴，看海也好、看夕陽也好，或者僅僅短暫地出現在她的校園附近。「他的家庭很溫暖、他也願意去嘗試理解並且認識我的家人，他知道當我手足無措的時候要趕緊抱住我，深深的一個擁抱，也不太多說什麼，但我都知道他一直在我身旁，會給我支持跟鼓勵。」

幸好，那時的她沒有急著跟誰走，才有機會認識這麼好的他。我在回宿舍的路上想著，或許我們生命的缺口會越來越大，但是我們也會越來越成熟、越來越勇敢、越來越趨近理想中的樣子。

然後等到那個時候，我們遇見的人就可以剛剛好補齊那樣的缺口，我們也能用最好、最柔軟的自己迎接他的到來。不要急呢，慢慢來。大概就會像那天下午的陽光和微風吧，剛好適合彼此的存在。

07 一千個日子

「其實，我們很不像在交往，更像是成為彼此生活的一部分，」那天，男孩來找我拍照，想要記錄下他和女孩交往的一千個日子，「突然發現原來我們在一起就快要一千天了，就和她提議在第一千天，要為我們這段日子留下紀念。」

那天我們去了好多地方，從兒童新樂園騎腳踏車到圓山站，再緩緩散步到花博公園，無時無刻男孩都牽著女孩的手，排隊的時候、撐傘的時候、過馬路的時候。我看著他們的背影，想著他們就這樣牽著，已經走過了一千個日子。

「我對於時間沒有特別的感覺，因為這一天對我來說，就只是好多好多日子以來的其中一天，」女孩說起他們相遇的故事，他們是高中一次活動上認識的，四個月後在一起，然後就一路走到今天，「有時候會覺得時間過得很快，好像在一起只是昨天的事。」

就像所有的故事一樣，仍然夾雜了一些無奈，或是遺憾的情節。「我們也經歷了一些爭吵、或是意見不合，也曾想過要放棄，但最後還是一起走過來了。所以這一千個日子不算什麼，我們還要繼續走下去。」他們已經不是一起走在時間裡，而是時間走進兩個人的日子裡。時間的長短不足

以證明什麼，一起學習在
光陰似箭與時光漫漫裡
成長，漸漸明白並不是只
有相愛就可以成就幸福。

一千個日子對於二十歲的我們來說很長嗎？我想起曾經看過的一個理論，用年齡的比例來計算我們對於時間長短的感知；例如，一樣的十年，對於二十歲的人而言是二分之一，對於四十歲的人來說，十年則是四分之一，因此，二分之一與四分之一相比，四十歲的十年感覺較為短暫。

「當日子變成重複的迴圈，越來越習慣彼此的存在，有天意識到原來在一起已經走這麼久了，就會更加寶貝這些時光吧！」女孩一邊喝著可樂、一邊幫男孩把另一根吸管插進杯子裡。從二分之一到四分之一、甚至是八分之一，是因為歲月隨著我們年紀的增長逐漸被稀釋了，還是因為我們越來越懂得這些歲月得來不易，所以當我們努力珍惜的時候，便也感覺時間前進得更快了。

看著他們看進彼此眼裡的樣子，我相信是因為我們更懂得珍惜了；把你的腳印走成我們的足跡，才發現原來你就是我漫長光陰裡的呼吸，一路伴著彼此走到了這裡。

「我有算過，一萬個日子好像是二十七年再多一點呦！」那天傍晚我們收工的時候，男孩對著女孩笑著說。

08 藏在心頭的一角

期末的空檔，我約了曾經請我幫忙拍照的女孩，她是來自廣西的交換生，不久後就要回去了。與她熟識，起因是我的集資計畫，之後也在幾場活動中遇過，就這樣成為了生活中的朋友。

第一次見面的時候，我問她：「台灣最不一樣的是什麼呢？」「除了食物，就是氣候吧！特別溫暖。」她笑著回答我，帶著輕微的口音。那時候才剛去墾丁看海的她，說想好好地待在台北生活，因為不久後就要回去了。這時候的台北，即將進入綿綿細雨的冬天，我們相約到華山草原，帶上一籃水果和她室友的小毛毯。當陽光從她身後穿透而過，我知道台北的溫暖又延長了一些。

想著這些，我已經騎著腳踏車抵達公館捷運站，她一個人拎著三個蛋糕、一見到我就熱情地說：「哎呀，這是給你們的，謝謝你們在我在台灣的時候這麼照顧我！」忽然想起，第一次見面時她一個人坐在華山草原旁的椅子、拿著水果籃和乾燥花等待我的背影。好快呀，幾個月咻一下就過去了。

「129 天，總共來台灣 129 天。」在聊天中她算著，接著說：「很開心可以認識你啊！還有柏鈞跟家瑜，有機會再見啦！或者你們來湖南找我玩！」當下我說「好呀！」其實心裡有點酸酸的，因為相見的機會其實很微薄，幸好拜網路所賜，我們好像還能遠遠地關心對方的生活。

搭上捷運後穿過隧道的聲音忽大、忽小，耳機裡剛好播到王菲的《約定》，裡頭唱著：「還留住笑著離開的神態，當天整個城市那樣輕快，還好是你陪我沿路一起走過半哩長街。」是呀，我們在金黃的秋天認識、在起風的冬日裡告別，算一算差不多就是人生幾哩的距離。

我想起初見面的那天，太陽溫柔地灑在一大片草地上，那個畫面就成了她記憶中的台北。說再見的感覺也是這樣的吧，暖烘烘的，會記得好多的事情，不會一直想起，但也不會忘記。它們就是一直在那兒，藏在心裡頭的一小角。

09——少一點哲學

那是一間很簡約的咖啡店，整面白色的牆、用一點俐落的線條點綴，剛開始空白得有點突兀，但是坐久了就會習慣那樣純淨的氛圍，像背景音樂一般地融入在眼前的場景。穿過淡藍色的咖啡杯，沿著素雅的桌緣往上，看見他右手臂前方的刺青，黑色的字體用草寫英文寫著「Less is more.」

「那是什麼意思呀？」

「喔！就是影像透過留白、簡約的重點，反而能得到更多的感觸與啟發。右手剛好是我拿相機的手，一舉起來就可以提醒自己和提醒在鏡頭前方的人。」

男孩是透過網路認識的影像創作者，作品很乾淨、很透明，望著他的作品彷彿可以聽見冰塊喀啦喀啦地撞擊聲。

聽他微笑的說，我想起了中國水墨畫裡的「留白」。留白是中國傳統繪畫技法之一，透過空白為載體渲染出美的意境，這種技法比直接在畫布上塗滿各種顏色來得更含蓄有致；有點像是佛家所說的「色即是空」，透過純然的空，進而更加貼近事物的本質。然而，全然的放空在生活中好像是不可能達成的事。

我想起前一陣子的生活，被報告、作業和工作壓得喘不過氣來，每天都在趕死線當中度過，所有的忙碌被衡量起來好像都只是為了微不足道的事而煩心。「但這樣的少一點，並不是指什麼事都不做吧？」我望向他，他點了點頭：「而是在所有的瑣事中，找到些微的空間放鬆，可能是等一班公車的空檔，或者是聽一首歌的當下。」

他端起眼前的拿鐵，晃了晃上面漂浮的奶泡，「或者是珍惜一杯咖啡的時間。」薄薄一層的奶泡，漸漸暈開了原本深棕色的黑咖啡，變成那種淡淡的奶茶色，「然後這樣微小的快樂，就可以進而成為巨大的滿足感，讓我們得以在乏味的生活裡繼續前進。」

後來我和男孩聊到又要進入一整年最忙碌的季節了，但不怕的，我們一起在混亂中找到秩序、在脫序中理出規律，原來要充實地過完每一天，包括要懂得享受生活裡的空隙。回家的路上，我想起了男孩的右手臂和他身後的那片白牆，突然覺得日子就是這樣了吧，緊抱自己的信念，即使偶爾疲倦也要勇敢的走下去。

Less is more，原來是透過聚焦在少一點的幸福，讓生活的品味和體會多一點。

10 不遠的天堂

清晨五點多從機場離開，結束了籌備半年的印度影像紀錄的工作。計程車在空無一人的台北街頭緩緩前進，腦中忽然記起這個畫面。

那天我們即將結束在新德里的服務，牽著孩子們的手，陪他們走回好幾公里之外的貧民窟，也就是他們的家。黃沙漫天和著陣陣的牛騷味，我們在將近三十度的烈陽下前進。

加入國際志工團隊之前，其實我對於國際志工有很多的不了解，然而在將近半年的籌備以及旅程過後，我仍然相信國際志工有很多的限制和困境要克服；但是這樣的限制和困境並不影響我們繼續投入所相信的事情。更確切來說，我加入團隊之後看到了一群人、他們正朝著自己規劃的理想世界邁進，並且願意為這樣的信念付出代價；在印度的這段期間，我親眼看到了世界上竟然有這麼黑暗的地方，但同時有這麼多善良的人願意來到這裡，儘管只是帶來很微小、甚至看不太到的改變。「儘管國際志工的影響很有限，」我想起加入團隊的第一天我在記事本上打上的話，「但不能因為我們做不到就不去做。」

在印度的前三天，我們天天驅車前往距離市中心大約兩個小時車程的近郊，在貧民窟的旁邊有一片小小的空地，CFM（Child Friendly

Movement）就在那落地生根。來到這裡的兒童從兩、三歲到十幾歲都有，因為貧窮和種姓制度仍未根除，他們大多是黑戶，意思是他們不會有受教育的機會，要找到工作機會更是不容易。來到這服務的國際志工主要是教小朋友一些簡單的英文、日常計算、一起玩玩遊戲，與其說是教學、不如說是陪伴，讓他們繼續擁有學習的熱忱，有一天能靠自己的力量生存下去，並且知道自己沒有被這個世界遺忘。

印象很深刻的是第一天創辦人Basu與我們分享他自己的故事，他在六歲時流落街頭，為了生存當過扒手、為了自衛殺了一些人，曾經瀕臨死亡的他，在得到孤兒院的救援後開始思考人生對他的意義。聽到這個故事的時時候心情很複雜，很難想像生活是如此的殘酷與真實；還好這些悲憤的傷口被砸碎後，殘留下來的碎片足以拼湊成一雙巨大的手，給了他力量推動各式各樣的改變，成就了千千萬萬人的祝福。

後來Basu因為自己的努力和一些志工的幫助，曾經進到聯合國教科文組織服務，為印度童工爭取權益，但因為是政府組織的關係所能夠使用到的資源有限，他便決定辭職、直接走進貧民窟，回到家鄉成立CFM。CFM至今19年了，每年有無數的志工來到這裡，陪伴孩子們成長。

我並沒有覺得每個人都要投入教育或是志工服務，這個世界上有太多太多問題需要被解決，在印度可能有階級制度、童工、難民等問題，在台灣則有勞工、同婚、移工等議題，而每個人也都有自己人生正在面對的難題。我相信每個人都有自己心目中理想的世界、理想的家園，所以當我們都往那樣的方向前進，好讓自己擁有一個滿意的生活（可能透過服務、透過給予、透過負擔責任），就是愛這個世界、回饋世界的方式。

「世界可能不會變好，但是你會。」這是一位我很喜歡的學長說的話，當我們每個人都努力變好，這個世界就會一起越來越好。很感謝我的團隊給予了我這樣的機會，也讓我擁有這樣的視野；不管未來我們有沒有再一起共事的機會，我們都知道彼此正在各自的領域往理想的世界邁進。

「你們都是一根根小小的蠟燭、你們不會知道那一盞微弱的光能照亮多少人，」Basu在我們離開的那天用不太標準的英文說著，「但你們一定要繼續點燃自己。不一定在CFM、不一定在印度，可能在很多其他地方，因為這個世界還有好多好多沒有光亮的所在，這也是我要一直做這件事的原因。」金黃的夕陽灑在這一片次大陸上，耳邊迴盪著小孩的笑聲、空氣中和著泥土的氣味，我想起了小時候對於天堂的想像。

11 52赫茲

一直以來，我都安於在人群中生活，也習慣在與朋友的往來中補足生活缺少的碎片。因為轉系的關係，新環境讓我有了許多獨處的空間，在這樣的狀態下，開始讓我思考何謂孤獨。

想起之前聽過一個關於孤獨的故事，是一頭名為「52赫茲」的鯨魚。鯨群之間溝通的方式是發出類似頻率的聲波，一般鯨魚發聲的頻率是在10-40赫茲之間，然而，卻在一九八九年太平洋北部由美國海軍偵測到一頭發聲頻率為52赫茲的鯨魚，那也表示著沒有其他同類能夠接收到他的訊息。被封為「世界上最孤單的鯨魚」的52赫茲，在海裡悠遊了二十多個年頭、至今都還在海裡唱著只有自己聽得到的歌。

後來有人認為這樣的頻率可能是由一群鯨魚同時發出的，也有人提出或許這隻鯨魚從未存在，但52赫茲卻逐漸成為一個代名詞，代表著沒有人能接收得到的頻率。我想，之所以這個故事會被流傳，某一方面我們都是害怕孤獨，並且渴望被理解的吧。

「兔子太寂寞的話，是會死掉的。」這是日劇《一個屋簷下》一句廣為人知的台詞，我一直在想著，孤獨與寂寞對於我來說，是不是一樣的？後來覺得，孤獨跟寂寞是兩種不同的狀態，寂寞是一種心理狀態，覺得不被人了解、感到無助，是一種被動的選擇；然而，孤獨相對主動，喜歡自己選擇的生活方式，從來不是拒絕群體、而是能在與社會共生的同時定位自己的樣子。

想起大一剛入學時，急於認識不同的朋友，努力牽線、取暖、渴望被認同，透過別人的眼光定位自己，好像必須藉由他人的稱讚和陪伴才是真正的存在。雖然好像擁有了好多段關係，卻也時常在過程中為了成為別人眼中那個亮麗的我而搞丟自己。當我意識到這件事的時候，卻已經過度依賴每一段關係所帶來的滿足感，而那樣的滿足感卻也帶來了巨大的空虛。

之後，我才漸漸在這之間取得平衡，慢慢練習透過自己的眼光看自己、找到生活中陪伴自己、肯定自己的方式。現在的我已經很習慣一個人吃飯、一個人思考，偶爾，也會一個人看電影。喜歡安靜地看著人群、靜靜地和自己對話，唯有這種時候，我才能擁有最私密的時光，習慣和自己相處，才能自在地穿梭於各種狀態。

擁有孤獨、卻不被孤獨困住，才能真正享受孤獨；雖然我不知道最後52赫茲有沒有找到能夠聆聽他的鯨魚，但我知道、我已經不再害怕用52赫茲和自己對話，並且相信當我們願意聆聽自己的聲音，自然會有和我們相同頻率的人出現。生活是一條路，走得遠了，被淋濕也就無所謂了，享受所有狀態，擁抱孤獨才能真正的擁有自由。

12 牆角的小小祝福

一早，陽光還沒折射到適當的起床時間，耳邊就傳來鏗鏗鏘鏘的聲響，原來是室友在打包行李；想起前幾天他說他抽到校總區的宿舍，今天就要搬過去了。

記得大一剛來台北的第一個生日，回到宿舍看到一盒巧克力布朗尼放在桌上，「這是公館很有名的蛋糕喔！我剛剛去幫你買的。」當時我們還不熟，他很興奮地這麼跟我說時，我還覺得有些尷尬。他是桃園人，我是台中人，沒什麼共同朋友，卻也因此認識了最真實的對方。

之後我們慢慢變得要好，一起去總圖讀過幾次書、約他看過幾次電影；我常形容室友的存在很像壁紙，剛開始看覺得突兀；等到越來越習慣之後，反而不想看到牆壁潔白的樣子。「你昨晚在哭嗎？有什麼事情可以跟我說喔！」前些日子一早起床打開手機，他傳了短短的訊息給我，那陣子的我情緒很不穩定，常常一個人在宿舍裡發愣或是啜泣。雖然我也沒有告訴他我到底有沒有哭，或是為何而哭，只隨便用幾句話打發，卻打從心底謝謝他給予的關心。能在過了十七、八歲後還能相遇這種不需言語的默契，是多麼的幸運。

二年級後，我們一起抽到醫學院的宿舍，他因為轉系後課業繁重，而我也開始接一些攝影案子，原本就沒什麼交集的生活，重疊得越來越少，偶爾他會跟我抱怨宿舍不在學校附近，通勤很麻煩；我則會跟他說其實我覺得沒什麼不好，大不了三年級後再搬回去。

其實我沒有很難過，當他跟我說他抽到校總區宿舍時。我是真心為他感到開心，至少他又離理想生活更近一步了。只是當他把一件、一件衣服摺好放進紙箱裡時，我想起好多好多被我摺起來、放進記憶暫存區的臉孔；每每我們說要再見，其實我們都明白很難有機會再見，把那些曾經要好的記憶安放好後，我們都要再各自向前了。

他留了一個盆栽給我，就在他原本座位的一角，可能是擔心我真的把他的位置貼滿我的紙膠帶吧。看著他拿著大大小小的行李箱坐上車的背影，我突然想起好多小小的事，譬如我們一起搬到醫學院宿舍時那天陽光很暖，差不多就跟今天一樣。

13 小小的平凡

這幾天回家照顧弟弟妹妹，趁著回台北前的最後時光陪他們到公園吹泡泡。這座公園曾經在記憶裡非常清晰，卻因為好久沒有來，場景有些模糊了。

上了大學後的日子不再像以前一樣，有多餘的空閒時間可以到處走走，反而更常坐在電腦前敲敲打打，回回留言、看看原文書。國中之後，就再也沒有來這個公園了，儘管離我們家只有幾步之遙。

公園的入口就在距離我們家幾公尺外的馬路上，如果從我們家這一頭的小圍籬跨過去，就可以進入公園後方的一片大草皮。這片草皮承載了我童年的許多記憶，小時候總會拿著椅子蹦蹦跳跳地走到廚房，站上椅子，從窗戶望出去，剛好可以看到人們在這片草皮上活動；有時是一群大哥哥在那裡打棒球、有時則是一群小朋友在舉行小小運動會，空無一人的時候，就只是清晨的陽光灑在一大片草皮上的樣子。

跟著弟弟妹妹的腳步，我跨過圍籬，看著眼前的草皮，曾經覺得無邊無際的遼闊，好像已經沒有從前那樣震撼，大概是因為我長大了吧。

這時，弟弟順著風往天空吹出一顆又一顆的泡泡，映在傍晚的夕陽下，隨著風折射出不同的色澤，好像一顆顆閃著回憶的小小鑽石。我突然覺得童年就像這些飄在空中的泡泡，折射著七彩的光芒，所有時間都為它的單純與美麗停留，儘管我們都知道，時間到了，泡泡就會成為空中的小小煙火，被施放、閃耀，然後消失。

想到這裡我不禁有點難過，但同時又覺得可貴，泡泡和煙火之所以燦爛正是因為它們不會永遠停留，好像是用一種盛大祭典來祝賀我們即將前往下一個階段，但是綻放的同時也意味著即將失去。腦海中閃過記憶裡的畢業典禮，那些總是在盛夏午後展開、用喧嘩表達我們對歲月的感謝和告別的場合，特別的燦爛和鮮明。「我們終究是要回歸日常的，」我看著一顆泡泡在空中綻放，「但喧鬧後的孤單卻能讓我們更加珍惜平凡。」我在心裡這麼想，經歷了、慶祝了、就可以好好告別了。

以前的快樂很完整，長大後的我們總愛把它們摺得很小，想辦法攜帶更多、更多。但原本很簡單的感受經過摺疊後，便不再完整。還好還是有一些時刻，我們會一起把最單純的快樂再次攤開。下次再一起出去走走吧，等天氣晴朗。或者說，每個快樂的日子都晴朗。

看著弟弟妹妹跑跳的身影，好慶幸能夠透過鏡頭記錄下這些小小時光，有好多未知的燦爛和成長的告別正在等著他們呢。弟弟隨著風把一陣泡泡吹向天空，發現這些小小的平凡是多麼美好，而我也好久沒有這樣慢慢的生活了。

輯二 關於憂傷

——悲しみについて、君の涙を収める

保管你的眼淚

把記憶剁碎，篩出太難過的，把它們吹成遙遠的風，
再把足夠溫柔的留下，燉成一片晴朗，
曬在往後的日子。

01 一定會晴朗的

回到台北前拍了一位女孩，她在訊息裡跟我說她有點急，可能沒辦法等到我有空檔的時候才拍，於是我把原本的車票延後，下午跟她見了面。

女孩的臉書上沒有頭貼，當天見面是第一次見到她的樣子。剛開始的她很害羞，才想起她在訊息裡提過，因為小時候的經驗讓她不愛拍照，也對自己沒什麼自信。

「怎麼會突然想找我拍照呢？」走過一個小山丘時，我忍不住問她。

「我長期有耳鳴的症狀，直到去年十一月才被診斷出是腦瘤。」我看著眼前十七歲、散發陽光氣息的女孩，無法想像有病魔正在侵襲她，「今年三月就要開刀了，頭髮要全部剃掉，所以才想要找你、記錄下我還漂亮的時候。」

「我從小身體就不好，其實最難過的是，看著父母原本可以好好經營家裡的事業、卻因為我……」我突然一陣鼻酸，好像被一種無形的價值觀籠罩，我們需要夠漂亮、夠健康、夠完美，才能配得上這些愛和這些幸運。

一路上，我試著說些話，一些瑣碎的事情和近日的感想，還說了一些我正在面對的事情，包括身旁朋友、家人的生老病死。一邊說的時候心裡酸酸的，我知道我可能永遠無法體會她一路以來所承受的、巨大的難過。「儘管如此，我們還是可以學著把很多美好的事情記下來；這是好多好多不美好與不能選擇裡，我們所能選擇的。」她似乎理解我想說的，給了我一個溫暖的微笑。

張愛玲曾說過：「生命是一襲華美的袍，爬滿了蚤子。」雖然這可能不是原文的指涉，但我想起很多人一路走來要面對的無常和無奈，早已經偏離了我們曾經都希冀的一生順遂。然而，這樣的顛簸是要讓我們學習走得勇敢，再帶上這份勇敢讓我們的未來過得更加燦爛。只是在巨大的命運迷宮之前，有誰能保證我們一定踏得上那條最終為我們預備的、燦爛的路。

我看著眼前的女孩，聽她說著她接下來想要走藝術這條路、想去美國讀書、以及好多還沒有完成的夢想，我讀到了她眼裡的認真，會完成的嗎？會完成的吧。我偷偷在心底祝福她的未來一片晴朗，並且在痊癒的路上和追夢的步伐間把日子走得越來越長。

告別時，她從包包裡拿出一張她的畫送給我，是我還帶著黑框眼鏡的時候：「不好意思，因為我沒有看過你本人、所以畫得有點……」「不會，我很喜歡妳畫中的我，」我看著她，再看看畫中的我，應該是半年多前吧，當時我還沒開始拍照，油墨間的神情還透露著一股青澀，我想著她是如何細心地發現其他人的美好：「妳知道嗎？今天也是我第一次見到妳，」我對她說，「但妳是我遇過最漂亮、同時最勇敢的女孩。」

02 自己的樣子

拍攝人像寫真之前，以往我都會先傳之前的作品並詢問對方想要什麼樣的氛圍、什麼樣的場景。印象很深刻的是有一次，一位學姊看完照片之後苦惱地跟我說：「啊，可是我沒這麼漂亮耶，還可以拍嗎？」聽到那句話時，好像看見了一棟著火的屋子，曾經的我也住在那裡面；突然一陣鼻酸，想起那個曾經好自卑的自己。

上大學前的我對自己很有自信，沉浸在學業和友誼之間所帶來的滿足感，我搭建了一個巨大的繭，把自己包覆在裡面，並且以身在其中為樂。完美主義的我，對於所在乎的事要求完美，在這一層保護之下，我一切都好。

上了大學，我漸漸從保護網裡走了出來，好像進入了一個外表很重要的世界。身邊的朋友陸續開始進入感情，好多人開始減肥、健身，許久不見的朋友也變了，變帥的變帥、變美的變美；我逐漸覺得，這是個就算有腦也要賣臉的時代，而我在一開始就輸了這場比賽，並且輸得徹底。記得那天，我一個人在宿舍照著鏡子，發現我的外貌永遠都沒辦法達到心目中完美的狀態，只能停留在這裡，哪兒都去不了。那一陣子我給自己很大的壓力，把好多照片都刪了，好幾次都不敢直視鏡子裡自己的樣子，每一天都想和自己道歉，但是我卻不知道我做錯了什麼。

「你在照一面髒掉的鏡子時，並不會覺得那是自己的問題，」記得當時有一位朋友和我這麼說，「除非你執意一直照那面髒掉的鏡子。」

後來接觸到了攝影，開始透過鏡頭發現，除了我以外還有好多值得被留下的美好。當我把自己放得太大，自卑感也隨之放大，審美標準也就變得狹隘，連自己都沒辦法接納自己的樣子；一旦我願意不僅僅關注自己，開始留心觀察週遭的事物，就會發現生活其實有很多美好正在上演，自己的美醜也逐漸變得不那麼重要。

還好日子越來越長，我也漸漸學會和自己相處。現在的我偶爾也出門治裝、偶爾也關心自己的體態，但是已經不再感到自卑了。我發現擁抱自己真實的樣子並不如想像中容易，第一步便是要丟掉那一面世俗的、髒掉的鏡子，然而，喜歡自己的樣子也不是一昧的自滿，而是平衡世界和自己的眼光，找到那一面讓自己感到舒適的鏡子，逐漸成為自己理想中的狀態。

我想起妹妹曾經對我說過，她長大後要當個漂亮的人，但我想想世界上漂亮的人太多，比也比不完，還是希望妹妹當個善良的人，因為善良的人都很漂亮。

交稿後，那位學姊看著照片說：「啊…原來我也可以這麼漂亮！」突然想起最近拍的兩位女孩，她們笑的時候，讓我覺得這個世界還是有好多最簡單、最良善的幸福，那樣的幸福是不論高矮胖瘦或是美麗醜陋的。

世界很大，當我們慢慢走進這個世界時，要懂得找到屬於自己的樣子。記得要保持善良，記得自己的樣子就是最好的樣子，記得平凡也可以活得努力、活得快樂、活得富足。

03 然後生活 就往前了

收到一張遲來好久的生日卡片，看一下日期，才發現原來離十九歲已經過了整整兩個月。我的臉書上有個「去看海」群組，但從頭到尾，我們只一起去過海邊一次。群組內的成員來自不同系所，因共同朋友的介紹而認識。相約看海的那時，大家正好在生活上都遇到了各自的煩惱，便在暑假的某一天前往北海岸。

從市區到海邊的路線很曲折，要先搭捷運紅線到淡水、走一小段路、搭上公車後，一路搖搖晃晃，終於來到了北海岸。「傷口放著不管它並不會痊癒，但它會漸漸地食之無味，結了痂之後的傷口還是在那裡，但已經不會痛了。」在公車上的時候，女孩這樣和我說。我們都帶著一些不管是難過、失望、或者自責，沿著防波堤，踏過海浪拍打，望向無際的蔚藍時，好像一切的擁有與失去都顯得合理。

我們一起把記憶剁碎，篩出太難過的，把它們吹成遙遠的風，再把足夠溫柔的留下，燉成一片晴朗，曬在往後的日子。我們偶爾交談、偶爾安靜地看海，或許有些事情我們沒有明確地說出來，也沒有完全地被解決，

但是知道對方懂了之後，心中的難過也就跟著慢慢好了起來。那天的陽光很大，看著朋友們笑著的臉龐，有一種深刻的感受想要好好記下這一刻。

那天從海邊回到淡水時，天色已暗，吃著串燒走在起風的街頭、聽著街頭藝人唱著「朋友一生一起走」。明明才進大學不久，卻也經歷了好多來來去去，不要求每個朋友都能陪伴彼此一生；只要這一刻我們能一起，那至少在記憶中的這個場景裡，我們便曾擁有彼此了。有好多時候來不及等我們變老才消失，能擁有的時候就要細細珍惜，不要等到只能記起的時候，匆匆懷念。

這樣也挺好的，每個時段都有每個時段的模樣，然後，我們才能在那個階段相遇那時候最適合的人。然而，我向來不習慣定義一段相遇，例如「他遇見了最好的我」，因為生活總是在前進、我們無法預測未來的自己將會是什麼樣子。對我來說，生活就是一點點的情緒和事件累積堆疊，然後成為生活、再慢慢成為我。儘管每一次的相遇都是在為離別做準備，但我仍然期待著每一次的遇見。

前幾天跟一位學長聊天，他說我們要珍惜還能打開所有感官生活的時候，以及珍惜每一個能夠真心對待彼此的片刻；有天，生活會被世界磨得只剩下現實，儘管那樣的改變誰都不想去承受，但那就是成長。或許我已經開始意識到這樣的改變了吧，但當下的我仍然很努力地去感受、去擁抱與被擁抱，我想這樣也就夠了。

當我透過影像和文字把它們記下，也就把那些時刻留在生命的某一處了。日子還是會繼續，等待有天我想念了，便再把它們翻找出來，再笑一次、再哭一次、再遺忘一次。

然後，生活就能再往前了。

04 漫漫回家路

用課間的空檔看了一部電影《漫漫回家路》，以平時看電影的經驗來說，並不覺得它是一部完美的電影，但是卻帶給了我一些省思的空間。

我想起了Ligdi，他是我們在德里服務時遇見的小男孩。若真要比較的話，他是我們遇到的小孩裡面比較幸運的，因為他有一個約莫兩坪、用水泥砌成的家，裡頭住著他們一家四口，平時要用水時，只要走幾公尺便能打水。其他小朋友則是住在幾公里外的貧民窟，那裡連一棟像樣的建築都沒有，只有在泥土堆裡用零零落落的樹枝和麻布搭建出來、勉強稱為家的擁擠空間。

我常想起Ligdi的笑容，望進他的眼睛好像可以看見一個最單純的世界，但同時又藏著好多未來的無常；就像透徹宇宙裡的黑洞，慢慢地吸走所有能照亮世界的星星。

我一直都相信美好是一種選擇，但我也知道這個世界上有許多人沒能擁有這種選擇，那是一種源自於原生家庭、社會結構，或是我們根本無從去解釋的無奈。儘管瞭解所有的觀點都來自於受到後天環境或文化背景所影響的意識形態，但想起他們的時候還是會不禁難過了起來。

在那個我們預備離開印度阿格拉的傍晚，一行人站在和著騷味的鐵道旁等待誤點的火車。

這時，有一對兄弟向我們靠近，哥哥牽著弟弟，哥哥大約十歲、弟弟約莫六、七歲。深棕的膚色已經讓我分不清楚那些色塊、泥濘還是灰塵，但腳上確實摻著新的、舊的、結著痂的傷口。其實，那已經不是我們第一次遇到小孩乞討，一路上，每隔幾十分鐘就會遇到。這次，當他們靠近時，哥哥扯扯我的衣角，我好怕好怕望進他們的眼睛。一時之間，我突然沒辦法像前幾次那樣揮揮手搖搖頭就走掉，因為我想起自己弟弟們看我的眼神；大概是想跟我要顆糖、或是要求帶他們出門，而眼前的兄弟在跟我要的，可能是他們幾天以來唯一的一餐。

過沒多久，我們搭上另一台誤點的火車，離開前我始終沒有從口袋掏出零錢。我在想，給了錢之後會不會像往常那樣引來更多乞討的孩子們，還是會像我弟弟一樣，好像獲得了從沒見過的寶藏，滿足地露出大大的微笑。看著兄弟倆的身影消失在月台盡頭，難過的情緒突然湧上，那種無力感是知道自己不管再怎麼努力，世界還是充斥著某些現實；儘管明白那可能是一種生活方式，在黑夜裡，火車外的世界，仍有跟那對兄弟一樣的小孩正忍受著飢餓、擔心著下一餐的著落，無可避免的實境不停轉播著。

每每想起Ligdi和車站裡的那對兄弟，我知道當我們在選擇看見美好的同時，在陌生的地方，正有我們從沒想過的場景正在上演，所以我在心裡許下小小願望：

希望自己擁有的時候能夠給予，匱乏的時候也一定要珍惜。

我們要帶上那樣的眼神，帶上那樣的柔軟、帶上那樣的無常，再帶上自己的平凡（包括懂得珍惜的心）和生活的重量繼續前行。回家的路很遠，沿途會有漫漫黃沙和好多讓我們看不清楚、感覺沮喪的霧霾，但我們還是要在漫漫長路直直向前。

一步接著一步，我們才能越來越接近我們理想中的家。

05 讓悲傷化為羽毛

三月三日的日文課，老師和我們分享這一天是日本的女兒節。相傳在平安時代，人們會在這天折紙做成人形，把孩子身體的不適轉移到小紙偶上，然後把它們放入河流，讓紙偶隨著水流飄走，以求孩子健康。

忽然覺得這個典故跟自己最近的狀態好像，把某部分的悲傷化成文字，讓它們好好被安放在雲端的一角，然後我們墜回凡間；或許，有一天它們會化為羽毛，不管它們有沒有回到自己身上，都能夠再次帶人飛翔。

有時候，還是會懷疑自己的幸運是不是過度奢侈，儘管明白所有最綿長的溫柔與刻骨的傷痛都是有盡頭的。前幾天收到一則訊息，大致上是謝謝我的文

字、為他的生活點亮了一盞小小的燈；我認為每個人都曾經擁有閃閃發亮的眼神，而在那樣的狀態下，世界的顛簸和無畏的笑容是可以並存的，我們仍然擁有那一部分的自己，只是我們對於生活的感知鬆懈了，現實與困難也就住了進來。

「我們的狀態影響我們的創作，」那天我的朋友對我說，最近在網路上分享的都是關於一些瑣碎的、感情的小事，「但也因為這樣，我們的創作才會如此真實。」她補充道。我們都在與世界碰撞的過程中，真誠地面對、並且一點一點地撿回曾經粉碎的自己，或許正因為如此，這些文字和影像才能成為其他人的安慰，最重要的，我才能好好地跟自己和解。

是呀，就像女兒節的習俗，好好地面對、才能好好地放下，它們終究會流向一片汪洋大海，凝結成雲、幻化成雨，成為往後日子裡好重要、好重要的養分。

一切都會更好的。

06 愛不會拒絕愛

二〇一六年十二月十日和朋友一起走上凱道，加入「為婚姻平權站出來」的遊行，說來奇妙，這是我第一次參加遊行集會。跟著人流走、台上的藝人大聲疾呼著同志的權益，台下的觀眾也跟著感人的故事默默啜泣。想起在教會長大的那些日子，小時候的我看著新郎牽著新娘，總幻想著有天我也能這樣步入禮堂。但後來的我發現，我不能，好像被上帝開了一個大玩笑。

幾年前，同志議題打得火熱；我不知道該怎麼回答關於哪個女生很漂亮的問題，或是贊成或反對某項立法。我只希望可以忠於自己的選擇，分開是因為不愛了，而不是因為這條路不被允許。我能理解為什麼說出口很難，就像那些還沒出口就被我攔住的過往。有時我會覺得，自己偷偷難過是不是簡單的多？幸福是什麼模樣，我連想都不敢想，曾經嚮往的未來，

好像還好遠好遠。

手上拿著一疊街上發的婚姻平權貼紙，突然有種罪惡感，走上街頭是不是一個對的選擇？但是，看著從凱道一路蔓延到二二八公園的人潮，還是覺得自己很幸運能夠參與這一刻。

傍晚結束之後，和幾個好友有一頓很棒的晚餐。故事在竄動的時候雖然笑得燦爛，但內心有好多只有自己走過後才知道的難過與悲傷。

朋友和我分享：「唯有我們夠複雜的時候，才有足夠的柔軟面對這個世界。」其實，我並不害怕自己越變越複雜，只是覺得離溫柔的世界還有一段好長的距離，還有太多太多尖銳的衝突不停地碰撞墜落。可能在其他人眼中，我就是個二十歲、還不夠完好的人；但對我來說，踏出同溫層、積極溝通，是我覺得能到達理想世界的方法。

在走回宿舍的路上，收到家人傳來的訊息，我想起還沒走出來認識世界的弟弟妹妹們，和每天晚上為我守望流淚的媽媽，我想要收起她的眼淚，放進我仍然相信愛、仍然願意勇敢的心中。

我最希望的，是他們好好的、不要因為我而受到傷害，但還是很難；這條路很遠，對我來說也還沒有答案，但仍要繼續走，愛不會拒絕愛，不要失望。

07 妳一直都在

記得那是一個下著雨的早晨，我一個人搭著公車前往學校，訊息匣突然跳出一則又一則的訊息，裡頭的女孩跟我說幾個月前原本和男友約定一起找我拍照，但是他們分開了，現在她一個人還是想要完成這個承諾。看著一顆顆浮出屏幕的文字，彷彿可以看見另一端的女孩是多麼的難過與無助。我看了一下行事曆，便和她相約某個下午見面。

幾天之後，和女孩碰面討論拍攝主題時，她說想要改成與閨蜜的合照，要和高中最好的朋友一起拍。這些日子每天以淚洗面，要好好感謝有她的陪伴，陪她走過這一段旅程、成為一個全新的自己。

見面時，兩位女孩換上了高中制服，好像回到了那一段她們剛認識的時光。她們那時因著換到相鄰的座位而變好，常常不小心在上課打瞌睡，所以彼此激勵要一起努力考上好的大學。後來她們一起考上了台中的學校，便在異鄉成為彼此最溫柔的後盾。「我記得剛離開家的時候，總是很想回家，我就會打給她，然後一起在電話的兩端哭了起來，」女孩說起幾個月前的事，咯咯地笑了起來，「沒想到，我失戀之後就更常打電話給她了，真的還好有她。」

「這間小火鍋店原本是要和前男友來吃的，」我們走到轉角時，女孩在一間擁有落地窗的店面前停了下來，「還來不及來吃就……」我站在她的身旁，不忍心看她的眼睛，「不然，我們等等拍完來吃吧！」女孩轉頭向身後趕上來的朋友說，一邊露出了雨過天晴的笑容。

我覺得年輕時的歲月就像一個太大的房間，裡面塞滿各式各樣不願意被我們忘記的臉，卻總有幾個人，是陪伴我們最久也最深刻的，多麼慶幸妳就是我青春裡的那個人。「上了大學後的第一個聖誕節，沒想到我們還可以一起度過，那時候的我們都還單身，便相約去有名的月老廟求桃花，幾個月後我交男朋友了，沒想到這一路卻跌跌撞撞，」女孩一邊翻著他們之前的合照給我看，一邊苦笑地看著我，「就像是我的岸吧，當我不知道漂向哪裡的時候，總有個地方可以回頭。」

謝謝妳告訴我不必用力去成為別人，謝謝妳喜歡我，讓我知道在所有的愛與被愛裡，妳是永遠不會離開的那個。

08 失去的本質

那天他和我聊起了因為想更接近影像的本質，所以開始研究底片相機；我和他說其實之前也接觸過底片相機一陣子，只是因為現階段的考量讓我沒有繼續使用底片相機。我覺得當集體行為到達一個極端，人們就會開始往相反的方向走，像是底片相機、手寫信或是復古潮流，沒有好或不好，這只是我們和世界碰撞的一個方式。

「重點是影像本身，而不是使用什麼載具。」我說，想起了那個曾經很執著於器材、上網搜尋各式各樣教學文章的自己。

「我覺得我一直在改變，」當他問起我這一路以來是不是改變了，我沒有多想就這麼回答了，「但我會知道那只是這個階段的我觀看世界的角度，經歷這個過程就是不停地推翻自己原本相信的事，很無奈，但這就是成長。」有時候也會想，這個樣子的我是否越來越接近想像中的生活模樣、遠離了現實？還是遠離了想像中的樣子，但卻更貼近這個世界？

「我覺得我們都只是在不停地選擇，然後學習為我們的選擇負責，沒有好或是不好。」我看往他的方向，在他的眼睛裡看到好多我也曾經擁有過的熱情與執著。我想起一位朋友曾經跟我說過，我們現在看到的星星，因為穿過宇宙和時間的關係，都已經不是它們現在的樣子；那麼，走過青

春和叛逆的我們，是不是也把某一部份的自己留在那個我們再也回不去的歲月裡，看似仍然是同一個自己，但又好像、不那麼一樣了。

「成長並不是全然的失去，你還是會遇見新的人，然後再次相信新的事情。」大概就是這樣吧，不停平衡後找到新的位置，就像我們用各種載具記錄下的各個片段，一直都還是你，持續失去，但也持續收獲。

09 梅雨季

傍晚時見了一位女孩，因為下雨了，便找了間餐廳休息。我們因為一起看舞台劇而認識，也出去玩過幾次，她是那種可以一起討論議題，也可以一起玩樂的朋友，是很舒服的存在。

前陣子，她因為經常性地哭泣與恐慌，而休學了。

生活開始因為眼淚而模糊，好多事情再也看不清楚，大家要她為生活失焦找一個理由，但如果不安也可以是一個理由的話，那就因為會不自覺地哭泣而不安。「我很不願意面對自己開始吃藥，這就好像承認自己生病了，宛如一種歧視，我歧視這樣的自己。世界上的歧視太多了，如果可以估算的話，那麼，數量大概就是七十億，就跟世界上的人一樣多。它太可怕了，就像一把利刃、會殺人，唯一能包覆它的，是理解。」

「藥物在我與所有人還有愛得深切的人面前畫了一條界線，再鑿了一條很深的鴻溝，我跨不出去，快樂不起來。」在無所事事的生活裡，最簡單的事情就是悲傷，一個人面對大大小小、瑣瑣碎碎的傷感，想起難過的事會哭、聽悲傷的故事會哭、看別人痛苦也哭，天空下起了雨就悲催的不得了，身體日益臃腫，一顆心卻變得好瘦好瘦。

前幾天她和媽媽去看一齣舞台劇，其中有一對兄弟，哥哥因為生病了無法行走，因此，由弟弟長年照顧他；「你是不是快要受不了我了？」那一幕弟弟正在幫哥哥擦澡，哥哥突然轉頭問弟弟。

「怎麼會，你是我的哥哥耶！」

「真的嗎？」

刺眼的舞台燈光打在哥哥愧疚的臉龐，弟弟沒有再回應。

女孩看向一同看戲的母親，發現母親也剛好望向她。

她說，媽媽幾乎是所有人裡面最晚接受的人，以前媽媽總會煲些心靈雞湯給她，但那些成功與正向的故事總讓她燙口，父母希望她快樂的期待成為一種無形的壓力，更加染黑了早已無盡的夜晚。因愛而生的磨難是最難走過的吧，我想，「其實我是知道的，他們看著女兒變成這樣，心中的不捨比我更難受。因此，只要想到他們為我默默掉的淚，就能克制住自己想要崩潰的衝動。我很害怕跟媽媽大吵，但一直支撐我走下去的，也是她。」後來，媽媽會在她大哭的時候抱住她、陪著她一起掉眼淚，還會和她說：「我什麼都不要，我只要妳開心。」

清明節剛過，接下來就要進入梅雨季了，雨水會不經意地掉落，我曾以為這場雨就要綿延到世界盡頭了。一個階段的結束，好像就要進入下一個階段，只是有時候會不知道這個階段我們過不過得去。

女孩和我說，悲傷的時候寫出來的東西最動人，因為那些往往是最深刻的痛覺；沒有親自走過是無法理解的，儘管有那麼多的譬喻和描述，但那些細碎的文字往往不及真實感受的千分之一。「我還在學習接受悲傷是自己的一部分，而不是抗拒，這樣才能慢慢地稀釋它。藥沒辦法帶我走出來，只有我自己可以。」聽她沉沉地說著，我明白她需要的不是一聲加油。

「我們需要的只是一份理解。」

和女孩離開餐廳之後，便一起散步前往車站，想起女孩說過因為人群恐慌的關係已經好久沒搭捷運了，「但這麼晚了，應該還好。」她輕輕的說。我看著她紅腫的雙眼，好心疼她的自我磨損，多麼希望她只是眼睛酸澀而已。

這是一條好遠的路，但不要急，我們一起慢慢走。看著靠在門邊的她，想起去年夏天我們一起搭了好久的車出去玩，當時她的笑容燦爛無比；我在心底許了個小小願望，希望把所有的晴朗都分給她，只為了看見她再次露出笑容的樣子。

我沒有和她說這個願望，只是輕輕的抱了她一下，叮嚀她回家小心。

10 把想念融解在彼此懷裡

那天我們一起走在深夜的忠孝東路，路燈一閃一閃的，很像天上的星星，「每當我看到閃爍的星星，就會想起我爸，他是不是已經成為其中一顆了，在天上繼續守護著我們。在光害太嚴重的城市裡已經看不到什麼星星了，但你會知道星星仍然在那裡，只是我們看不到。但看不到不代表已經消失。」男孩望著無盡的天空，緩緩的說。

我想，重複路過的場景並不會讓路變得好走，但會讓我們逐漸明白，不過只是換一種方式的陪伴。

「爺爺過世那天，我第一次看見爸爸掉眼淚。」男孩說，父親是很嚴肅的，很少看到他表達他的感受，「那時候爸爸已經癌症末期了，每天狀況越來越不好，爺爺的離開對他來說更是一個很大的打擊。父子之間的牽絆和情感的重量，在那一天變得好深刻。」

「我一直忘不了，有天我陪爸爸在醫院過夜，一早起來發現爸爸的病床上沾染了一大片血跡，原來是爸爸怕叫醒我，就自己動了插管，沒想到一不小心弄歪了。當下我趕緊幫爸爸處理，愧疚和不捨之餘，其實，最深刻的是感受到角色之間的轉換，我突然驚覺，也走到輪到我照顧爸爸的那一天了。」

後來，爸爸在他高三考完學測時走了，沒有留下任何話語，因為爸爸最後一個月幾乎無法開口說話。

他說，最難過的是看到媽媽一個人要面對這樣的轉折，「小時候爸爸回台灣時，最喜歡一家人一起吃飯，那時候弟弟還沒出生，就我們三人一桌。那些很微小的記憶，我仍然一直記著。爸爸和媽媽坐在彼此的對面，我會偷偷觀察他們，媽媽總是很開心。」男孩輕輕的嘆了一口氣，「後來爸爸走了之後，我仍然坐在媽媽的對角，有時候她會突然不吃了，或是突然泛紅了眼眶，我知道，她在想念他了。」

寂寞是一條好長好長的繩索，牽繫著超越生與死那條若即若離的界線，如果我們把帶不走的遺憾和來不及的想念收進時間的摺痕裡，就可以在好久的以後，我們終於再次見面的那天，告訴他。

男孩的父親是經營鞋廠的，在他小時候父親常常不在台灣，因此對於父親的記憶是很模糊的，「但我總記得每次他回來的前幾天，我們會在月曆上把那一天大大圈起，然後開始期待那一天的到來。有時候可能一、兩個月回來一次，有時候甚至是半年才回來一次。」他淡淡說著的時候，露出大男孩的靦腆笑容，「我會衝過去擁抱他，像電視劇裡演的那種久別重逢，一次把所有的想念和不諒解融化在彼此的懷裡。」

「這些日子，我都和媽媽說，他只是出了一次很久很久的差，」我們走到街角的時候，遠方的路燈因為離焦的關係，在我們身後像煙火般燦爛綻放，「所以不要擔心，我們會再見面的。到時候、我要和以前一樣，給他一個好大、好大、最大的擁抱。」

輯三　關於感情

把你別在我的衣襟上

愛情について、君を襟元に付ける

把每次見面的短暫時光走慢一點，
就好像確信能夠把永遠不夠的現在走成漫長的以後。

01 捕夢網

與他告別時，我把從印度帶回來，其中一個我最喜歡的捕夢網送給了他。

「捕夢網？」他看著繽紛的網子和羽毛，露出了一如往常的認真表情。

「那是來自北美的傳說，把它掛在床頭，它會幫你捕捉住美夢，惡夢則會穿過網子，從此消失。」我默背著查好的資料告訴他，他點了點頭、好像不太相信，但還是笑了笑，對我揮揮手。

其實，我沒告訴他的是，我把我的美夢也掛上去了。多希望有天我的美夢也會成為他的，所以就偷偷地、自私地做了這件好像無傷大雅的事。

離開之後，一路上我開始思考，不知道捕夢網是怎麼判斷哪些夢是好的、哪些夢是要讓它消失的。會不會我好不容易夢見的、掛上去的夢，對他來說卻只是無關緊要的夢，所以捕夢網就輕輕地讓那個夢溜走了。

想到這裡，不禁有點難過。這些日子我總把自己縮得很小，為的是要讓自己能自在地穿梭於各種情緒中，但卻也因為這樣，小小的難過對我來說就變得很巨大。

一切都是相對的吧，好的夢與不那麼好的夢，小的難過和大的難過；

所以我猜想，不管故事的結局如何，我總可以為它下一個比較好的註解，這樣一來，我都是幸福的了。

當天晚上，他傳來一張照片，是掛在他床頭的捕夢網。看著手機，心頭突然竄起一個小小的開心，啊，不對，對我來說，應該算是大大的開心。

02 最好的時光

考完期末考後，搭著公車回宿舍，左前方的位置坐了兩位婆婆，隱約聽到一些日常瑣碎的對話內容，如果不是姐妹就是很要好的朋友吧。

公車轉了彎，其中一位婆婆站了起來，大概是準備要下車了，卻因為煞車的關係跌了一跤，另一位婆婆很快地將她扶起：「矮呦，就跟妳說慢慢來嘛……」看著站不穩的婆婆無奈地笑一笑，便扶著她走到車門，緩緩地踏下車。

看著她們攙扶著彼此、一步一步離開的背影，我想起幾個月前拍攝的一對小小姊妹。可能是才剛學會走路的關係，妹妹不時跌跤，這時，姐姐就會用小小的手將她扶起，輕輕地拉著她繼續

走。看著她們，我就相信了愛是我們與生俱來的能力，不管年紀多小、或是多老。年幼與年邁都是我們生命中最易碎且脆弱的時光，但那些陪伴卻保存了最柔軟同時堅不可破的勇敢。

公車緩緩地發動，我看著他們彼此扶持的背影慢慢地消失在路的盡頭，想像她們陪伴對方走過多少顛簸。我想起電影《七月與安生》裡說的：「世間最美的豔遇，是遇見另一個自己。」這樣的相遇，是無關乎性別年齡、也無關乎認識的地點與方式，重要的是在冥冥之中遇見的我們，讓原本獨立的人生，因接納對方的存在而完整。

「就跟妳說慢慢來嘛⋯⋯」我想婆婆要說的是，不管這條路多長、或還有多長，慢慢來，我會一直陪著妳走。很多感情都是這樣的吧，我們可能沒有在最好的時光相遇，但是因為我們相遇了，那些時光也就成為了最好。

03 陪你生活

一個人去宿舍旁的麥當勞吃飯，正好和一對可愛的情侶同桌。

女孩因為薯條忘了去鹽而請男孩拿去換，男孩回來後說：「剛剛去幫妳換薯條的時候，店員對我拋媚眼耶，好害羞喔！」女孩瞪了他一眼，然後搶過他手中的薯條。吃著吃著，兩個人對到眼，笑了起來。

讓我想起前陣子拍照的一對學長姊。拍攝前一天，天氣預報寫著隔天會下雨，我很緊張地詢問學姊要不要延後拍攝，沒想到學姊笑著回答：「下雨很好啊！那才是我們在台北平常的樣子。」那天清早，我們三個人冒著大雨，逛完龍門市場後騎著車前往超市，逛完超市後再騎回他們認識的煙牆。學姊說，這些都是他們生活的地方。

拍完一些照片後，我便跨坐在煙牆上，喝著剛剛在超市買的蘋果西打，聽他們說著自己的故事。在戲劇系相遇的他們，現在兩個人已經擁有各自的劇團，最近劇團剛演完幾檔戲正在休息，而他們也可以趁著休息的時間為彼此的未來打拼。

你們來看看吧！
天主教
耕莘文教院

「一路上，我們都在學習怎麼說故事，不管透過文字、戲劇、還是影像創作。這是我們都很喜歡的事，剛好也可以成為對方的幫助和支持。」學長偶爾寫劇評、寫小說投文學獎，學姊最近則在劇場導戲、嘗試一些編劇，未來也希望可以到國外研修電影。

聽著他們訴說日常，彷彿也隨之走過它們生活的足跡，突然覺得平凡就是最美好的樣子。一晃眼，這樣的日子已經走了三年。散步是每日之事，相愛也是每日之事，一路上成為彼此的風景，再一起住進對方的歲月裡。

那天，我們逛市場的時候，外頭正下著大雨，學姊在一個小小的賣衣服攤位上看見一件酒紅色的背心，「好看嗎？」她將背心披在自己身上，照了照鏡子，學長看著鏡子裡的她，滿足地笑了說：「好看！」我看著他們望進彼此眼裡的眼神，忽然明白、這就是愛了吧。

我看著眼前一起吃薯條的情侶，想起那天下著雨，學姊站在學長腳踏車後座、穿梭在台北每個街頭的樣子。

「你覺得愛是什麼呀？」

「你覺得呢？」

「就是陪妳生活。」

04 好きです

「你覺得⋯夢想是什麼？」
「大概就是夢裡會想到，但是醒來後發現不可能完成的事吧。」
「那⋯你就是我的夢想。」

這學期開始學日文，剛好課堂上教了「喜歡」這個字，在日文裡是「好きです」。有一點日文基礎的人都知道，「です」結尾的詞是形容詞，與中文裡的「喜歡」、英文裡的「love」、「like」做為動詞很不一樣。我喜歡日文的表達方式，「喜歡」是一段時間、當下的狀態，而不是僅僅一個執行的動作。就像有時候我們會開心，有時候會難過，有時候我們會喜歡。「喜歡」就像是種下一顆小小的種子，時而用眼淚灌溉，時而用陽光溫暖，等待時間過去，不管發芽了沒，或是已經凋謝了，它將會是我們往後路上很重要的養分。

我想起那個曾經好喜歡的他，也想起張愛玲說的：「見了他，她變得很低很低，低到塵埃裡。但她的心裡是喜歡的，從塵埃裡開出花來。」

他是一個我曾經以為不可能的對象，卻因為一場誤會，我們遇見了。跟隨他的眼光，我沿路看了好多風景；從他每次的笑容裡偷了好多星星，讓我在想起他的時候，不再感到自己是屬於太遙遠的星群。儘管在這個世界上，從未到達的地點就是他的懷裡；儘管我已經過了能夠大聲說出「我喜歡你」的年紀；儘管最後的告白，我都已經預備好，那可能是另一種方式的道別。

或許，在看不清楚彼此的狀況下是最迷人的吧，只是沒想到在我表明心意之後，他並沒有離開，花火綻開又散落的瞬間，才發現他的保留和等待，是為了讓我們的關係不變成燦爛後的餘燼。原來，他一直用他的方式在保護我們之間的友誼，不讓還沒考慮清楚、彼此還沒預備好的愛情破壞我們的關係；才發現原來那樣的離別，是因為我不想告別他，所以一直很努力告別那個太喜歡他的自己。

我想要謝謝時間，謝謝擁有和失去。也謝謝他的體貼，謝謝他願意犧牲燦爛、為我成為星星。能夠曾經處在喜歡的狀態中，遇見那個善良的你，我已經覺得好幸運。

05 生活是簡單

前陣子跟 NTU TED 合作，讓我有機會拍下學校側門賣大誌雜誌的爺爺。爺爺已經81歲了，每天中午他會拖著小小的推車、裡頭塞著好幾個月的大誌雜誌來到公館捷運站二號出口。天氣晴朗時，他會把雜誌一字排開，將學校圍牆邊的石椅變成一個開放式流動書架。

「還在讀書嗎？很辛苦餒！」爺爺在我拍照的時候用台語跟我聊起來，「對呀，系館就在這幾棵樹後面。」看著爺爺緩緩地用正字在紙上簡單記錄一些銷售數字，明白那一個小小推車裡裝的，大概就是他的全部了。

聊到一半時，兩位輔大的女孩加入我們，才知道她們平時有空就會來找爺爺聊天。我們一邊翻著幾本過期的雜誌，一邊

問起爺爺最近的生活，爺爺望向淡灰色的天空，說著這幾天天氣不太穩定，若是下雨的話雜誌很難賣，他便會騎著三輪車去回收一些可以用的傢俱和生活用品。「要記得套上塑膠袋喔！不然會濕掉！」爺爺輕輕地笑了，深邃的皺紋沿著眼尾蔓延到嘴角，我知道那是歲月和人生歷練的軌跡。聊著聊著覺得爺爺才是真正住在這個城市裡的人，跟著這個城市一起呼吸、一起生活，川流的人潮和一旁的車水馬龍都是他家的訪客，我突然覺得爺爺什麼都沒有，卻也擁有好多。

後來只要路過那裡，我就會去找爺爺聊聊天，他有時記得我，有時不記得。「還在讀書嗎？很辛苦餒！」爺爺總愛重複這句話，彷彿生命就剩下這種很簡單的日常。每每跟爺爺聊完天，都會覺得自己又充滿能量了。以前認為要影響別人總需要有一些什麼，可能是優秀的學歷、足夠的金錢、或是一些豐功偉業，然而，爺爺用他的真誠讓我知道，我們可以站在自己的崗位，用自己微微的光溫暖世界的每一個角落。

爺爺那兒不存在著時間，卻也都是時間，一種對於生活很淡然的面對與勇敢。愛過幾個人、傷心難過有沒有留下遺憾都已經不那麼重要。生活可以如此簡單、不複雜。

06 很棒的電影

早上十一點多，結束了台中的拍攝活動，晚上得趕回台北開會，報告和作業也還在電腦裡擱著。但這一小段的空檔，好想帶弟弟妹妹去看場電影。

搭上以前上學時坐的公車，看著小小的他們，三個人擠在兩個座位裡剛剛好。他們彼此分享看過的動畫電影，笑得合不攏嘴；想起好久以前，爸爸也會騎著機車載著我去看二輪片。而我最喜歡看完電影後，坐在機車後座讓風轟隆隆地從耳邊吹過的時刻，彷彿我也是電影裡的一角，就算敵人殺過來了，還有爸爸在前面擋著。

這些都是記憶中好小好小的事了，但卻成為我在往後日子裡想起來時，好大好大的力量。

電影結束後，妹妹牽著我的手問：「那他們都去哪兒啦？」「誰？」「電影裡的人呀！」我想了一下，看著她的眼睛說：「繼續在裡面幸福快樂著吧！」她露出一個滿意的笑容，好像這世界就如我們所說的那樣單純。但，我知道有天電影總會結束，弟弟妹妹們有天也會成為大人世界裡的一份子，知道什麼事可能、什麼事不可能。

沿著馬路走的時候，我會下意識地走在外側，轉彎的時候，我和妹妹就會換一手牽；想起以前我都是走在裡面的那個，爸媽則是走在靠近馬路的另一側，意識到自己角色的轉換是開心的，好像見證了自己某部分的成長。

我們散步在電影院旁的小巷，沿路吃了鹽酥雞、章魚燒和炸豆腐，這些都是平時媽媽不准我們吃的東西；可是，小時候只要一起逛夜市，媽媽就會破例讓我們嚐嚐。看著他們趴在小吃攤外的隔板，眼神閃閃地看著油煙逼逼波波、起鍋、然後撒上胡椒粉，臉上露出滿足的笑容，看著他們，我的疲憊都不再是疲憊了。

走沒多久，妹妹說要給我喝她的珍珠奶茶，喝了一口覺得：「天啊！也太甜了！」想起幾天前在網路上看到一張圖，長大後覺得小時候喝的飲料好甜，也許是人生變苦了；我覺得那不是變苦了，而是長大開始會感知到除了快樂以外的各種情緒，當有其他情緒滲入，原本最單純的甜也就變得不那麼純粹了。

我牽著妹妹小小的手，想起有一天他們的世界也會慢慢地不那麼純粹、有一天他們也要成為能夠保護別人的人、有一天他們會不再喜歡喝那麼甜的飲料，就像我也一路走到了這裡。

坐在前往台北的客運上，咀嚼著我們之間的對話，突然很難過不能參與他們每個認識世界的時刻；幸好，當他們成為更複雜模樣的時候，會想起在某天的下午，哥哥曾經牽著他們的手去看了一場很棒的電影。當我們願意好好擁有生命中的每一段時光，那麼就可以放心地去成為下一個階段的模樣。

07 不遙遠

相約拍照之前，女孩跟我來來回回確認了很多次，那陣子剛好是春天的雨季，天氣不太穩定。原本想說下雨的話就改個日期再約好了，沒想到一問之下，才知道女孩的男友在馬祖當海巡，每個月只有不固定的幾個日子在台灣。

我們見面的那天剛好遇上了寒流，但看著男孩牽著女孩的手一路說說笑笑地走來，好像全世界都暖和了。

「我們高一的時候同班，高二分班後沒什麼交集，頂多有幾個共通朋友。」今年即將要從大學畢業的女孩，講起這段往事時像個小女孩一樣笑了起來，「其實我很早就注意到他了，只是他一直到畢業之後、讀完兩年警專才跟我告白，印象很深刻，那是幾年前的跨年夜。」她笑著望向走在前頭的男孩，男孩有點不好意思的撇開了頭，「沒多久，我們就在一起了。」

冷風吹著長長的綠色隧道，幾片樹葉隨風飄落在空無一人的馬路上，我看著他們在鏡頭裡的樣子，想著一個月只有短短幾天能見面是什麼樣的感覺。

「其實平常的我們很像單身，各自有各自的生活，但會為了讓對方在下一次見面時能看到更好的自己，努力讓自己前進。」女孩說，「所以我們總會很期待再次見到對方。」這時，女孩將頭輕輕地靠在男孩身上：「唉喲，還是會很羨慕能夠天天相處的情侶啦！」男孩有點難為情地笑了，輕撫著女孩的額頭。

「這樣的關係讓我們一直處在熱戀期。」走到一個轉角時，靦腆的男孩終於開口了，我笑了笑，突然竄過一陣浪漫的雞皮疙瘩。「我從馬祖回來其實滿麻煩的，要先搭飛機到松山機場，再搭客運或是高鐵回台中。有時候回馬祖還會搭船回去、一晃一晃的。」男孩比手畫腳地說著，女孩在一旁聽著，眼神閃閃發亮地好像第一次聽到這些故事，「也因為這樣的過程，讓我們更珍惜每一次見到彼此的機會。就像她說的吧，在分開的時候好好向前，因為希望每次見面，都能讓對方看到又更進步的自己。」

或許是以為更遙遠的距離，卻讓我們更靠近了吧，我在心裡想著，把每次見面的短暫時光走慢一點，就好像確信能夠把永遠不夠的現在走成漫長的以後。那天結束的時候，男孩買了杯拿鐵給我，還跟我說回去的路上別著涼了。和女孩一起站在超商外等著的時候，她靜靜地和我說：「知道他的關心就在身旁，我們之間的距離怎麼樣都不遙遠了。」

08 接住你

婚攝的空檔，和朋友說想拍一張高跟鞋被拋起的照片。那陣子穿梭在朋友不同的感情問題之間，自己不久前也剛結束一段感情，有時候會覺得好難再把一份喜歡交出去，也好難再接受一份喜歡。忍不住的時候，我還是會偷偷喜歡、偷偷把誰放在心上，再偷偷地等待時間過去，偷偷地忘掉。

我想起一位朋友，那時她剛結束她的初戀，那天深夜，她帶著一份宵夜來宿舍找我，一見到哭紅眼的她，一時間難以和她平時陽光的樣子連結起來。「我覺得戀愛好難、告別好難，我再也不會談戀愛了吧。」她一邊掉著眼淚，一邊咕嚕咕嚕地灌著早已不冰的啤酒，「他是一個這麼好的人，曾經覺得就是他了，最後的我們卻還是沒有辦法一起走下去。」她說那一陣子自己的世界好像壞掉了，生活中處處都是裂縫，一不小心就會掉進去，我懂那樣的感覺，但是不要害怕，走過的傷痕會和妳一起熬出更好的未來。那些裂縫會開出一朵花，花的身後會長成一條路，而路的盡頭就是歸屬。

或許每一次的錯過都是為了下一次的緊握，當我們遇見真正適合握緊的那雙手，曾經的錯過也就不覺得可惜了。

從婚禮回台北的路上，我在備忘錄裡打下這段話：「我們就像是被反覆拋起的高跟鞋，有人的出現只是要將你拋起，這可能會讓你不小心摔得粉身碎骨，因為他並沒有接住你；但有的人出現，只是要跟你一起被拋起，並且在你落地之前提早降落，然後緩緩地、溫柔地接住你。」

想起那天的婚禮，心裡暖暖的，新娘和新郎一個是台北人、一個是高雄人，他們克服了距離、克服了家人的質疑、克服了自己的恐懼，以及好多好多原以為會阻擋他們在一起的因素，最後還是牽起了彼此的手。直到如今，我還是相信，會有一個人出現，他的出現只是為了要告訴我，我也值得被接住。

09 再一起野餐吧

她們是一起在咖啡廳工作的夥伴，從咖啡廳開幕、展店、一直到現在，已經認識十多年了。不僅只是同事關係，更是知心好友，一起走過了彼此結婚、生小孩，度過生命裡大小的難關。她在訊息裡跟我說，想要記錄下這一段友誼，畢竟人生裡能有幾個十年。

我搭著公車前往相約的公園，構思著待會兒要拍的畫面，想起生命裡幾個認識好久的朋友們。突然覺得友誼是一件神奇的事，好像只要曾經深刻了，就能在好久的以後突然記起、然後清楚的想念。於是，我在手機的備忘錄裡打下，讓腦中的思緒安穩地降落成細碎的文字：

如果說，進到炎炎夏日之前，我可以許一個願望，那就是和你們相約春天的午後，一起到隔壁的公園野餐。當斜陽照在我們身上時，記憶裡和你們的每段場景會長出一片又一片的森林，我知道未來當我想念你們的時候，便有地方可以遮風避雨。

隨著陽光移動，我想起在人生的路上輾轉遷徙時，命運總是不知所措地把所有人聚在一起、再把大家分開。怎麼說呢？感謝命運把你們偶爾遺忘了，讓我們可以好好地留在彼此的生命裡、沒有走散。

等到傍晚時分，收拾完殘餘的零食，把更新過的故事和你們的笑容一起打包收好，「就這樣了嗎？」踏過一片草皮的時候，我望著好不容易見到的你們，想起曾經一起踏過的種種，「這樣其實滿好的。」只要我回頭，你們還在那裡，那就好了吧。

夕陽裡，我們依舊笑得很開心，儘管我們都無法確定下次見面的時間和彼此改變後的樣子。但我們還會再遇見的，所以，這次也別告別得太盛大。

看著這段文字，想起了幾個名字，腦海中映出曾經的那一段時光，這樣偶然的瞬間真好，「不知道他們現在過得如何呢？」在命運不小心把我們聚在一起、又在歲月的更迭裡將我們分開之後，至少我們還可以這樣自由地想念。

期待待會兒的拍攝，十年的友誼會是什麼樣子的呢？期待有一天我們再相聚，我們一定會再相聚的。

10 火車的聲響

「我覺得車站是個讓人傷心的地方，乘載著好多告別。」女孩看著我的眼睛、緩緩地訴說。

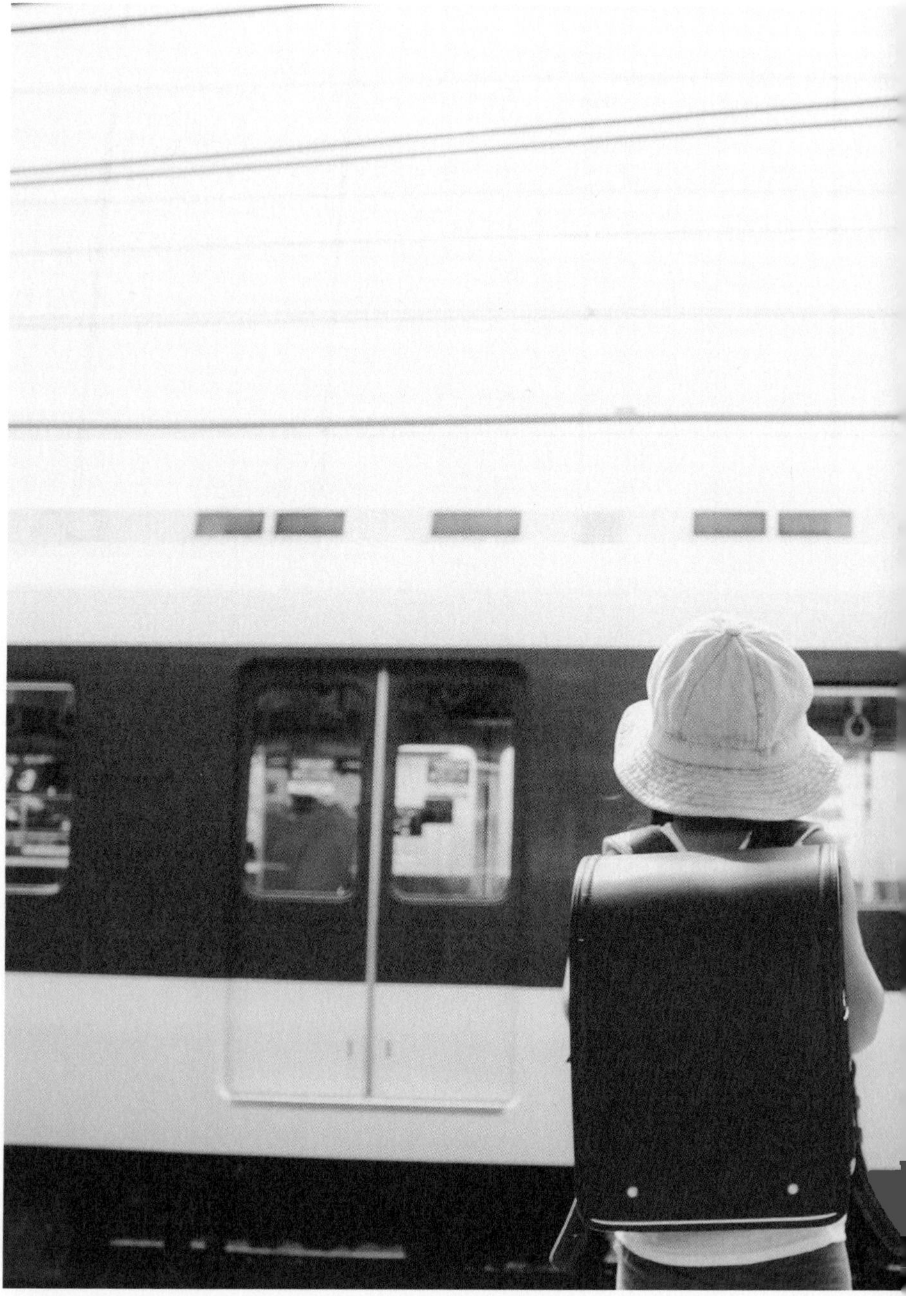

永遠記得第一次她跟我說起她和學長在一起時，眼神散發出的光亮。她是我高中時隔壁班的同學，有著一雙大大的眼睛，散發出一種鄰家女孩的氣質。他們是很低調的情侶，她一直很嚮往那種很單純、很平凡、很長遠的感情。

高一時，她就和學長在一起了，學長比我們大一屆，也早一年北上讀書。她在高二就和學長約定好，隔年要考上台北的學校去找他。學長搬離宿舍的那天，身形瘦小的她為了要表達對他的喜歡，翹掉補習班的衝刺課程，和他一起搬著大大小小的行李到車站。「他在上車前抱了一下我，跟我說要記得我們的約定，明年要來台北找他，他會到車站等我。」女孩一邊說，一邊回想著記憶裡的場景，「我一直記得那個擁抱，好像給了他我的一部分，讓他先去台北為我們的未來打拼。」

「我後來很常夢見火車離開的聲音，有時候會出現他坐在窗邊看著我的場景，要我努力讀書、對我揮揮手的樣子。」後來，在女孩大考之前，他們分手了，原以為要走一輩子的人，也在時間的車站裡被人潮推散。火車離開的聲響，從此成為了她最後想起他的聲音。「『嘟！嘟！請搶、請搶～』原本想像中火車離開的聲音是這個樣子的，好像一場很盛大的告別，」女孩說，「但後來發現，那聲音只剩下壓過碎石的撞擊，連一聲嗚笛都沒有。」

但對她來說，還是那麼的震耳欲聾。

「當時並不特別覺得有分離的感覺，現在的南北交通那麼方便，」她說，學長上了大學之後，明顯感受到他們之間的距離越來越遠，儘管沒有和他見面，但從各方面都能感受到他已經不再一樣了，「我也不知道是心理距離影響了物理距離、還是物理距離影響了心理距離，總之，他就是離開了。我有一陣子很害怕聽到火車的聲音，或僅僅只是車子呼嘯而過的聲音，那會提醒我，與他之間的那班火車漸行漸遠，而我也從他的生命裡緩緩消失了。」

於是，她的那句「車站是一個乘載著好多告別的地方。」伴隨著那悲哀的眼神，還有輕柔的聲音，一直留在我的心裡。

幾個月後，我和女孩都考上了台北的大學，但是因為不同學校，我們也沒有什麼見面的機會。

大二時，一次偶然的機會，我們在一場活動上遇到，再見到她的時候，她已經成為了另一個樣子，頭髮燙直了、原本的妹妹頭也留成成熟的中分，少了學生時期的青澀感。剛滿二十歲的她，仍然可以明顯地感受到她的轉變。

自從他離開之後，女孩推翻了好多她曾經相信的事，例如感情是生活中的必須、例如多麼珍貴的承諾在現實面前仍然顯得渺小；也因為他的離開，女孩為自己的往後畫了一張地圖，原本兩人要一起走的路，現在一個人走起來更寬敞，每個路口的選擇也更自在了。

「我總覺得車站是個讓人傷心的地方，承載著好多告別；直到後來，我才知道告別的相反，就是歸來。車站裡因著告別的人而難過、卻也因著歸來的人而開心，這是一體兩面的。」她淡淡的說著，彷彿像是在訴說一個已經很遙遠的故事，角色很近、但情節已遠。「上了大學之後的我，進入了新環境，開始嘗試很多事情，包括我們曾經想要一起去完成的；原來他離開之後，我可以為自己做好多事，我覺得因為他的離開，我離自己更近了。」

我把之前在備忘錄裡打下的句子送給了女孩：「我覺得最大的幸運就是，我已經把曾經最好的我和你一起留在昨天了；那麼，我就可以帶上全新的自己，期待一個比誰都燦爛的明天。」

遇見女孩之後，我覺得當我們談起感情，都仍然太輕淺，路還很長，只要我們能找到一種平衡的方法、適合自己的一種解釋，那就好了。如果把每次的遺憾都燉成一種眼光，讓我們在下一次的相遇裡更加成熟，那麼，每次的道別就不算遺憾。

「那次火車聲響的駛離，代表他的離開，也是我自己的歸來。只是我到後來才明白這件事。」她笑笑的說，那是我再一次看到她眼神發亮的神情。

輯四　關於秘密——秘密について、忘れてくれてありがとう

謝謝你忘記了

把自己放進一首歌裡，找到了一些好久不再想起的場景。
有些歌要在深夜才能聽，就像有些人，
只有在半夢半醒間才能想起。

01

沒有走進你的故事

這是一個我一直很想寫的故事，正好用等公車的空檔把它記錄下來。

「如果有天你交了女朋友，記得跟我說喔！我幫你們拍照。」要過馬路之前，我偷偷跟他這麼說，他回過頭來，對我笑了一下，當他的眼睛瞇成一條線的同時，會露出右側臉頰的深邃酒窩。

自從上一段感情結束之後，我就把自己的情感寄放到異性戀男孩那裡。一來是太快進入戀愛怕家人擔心，二來是因為這樣我只需要拉住自己就好；如果感情一定會讓兩個人都受傷，這是一種只會讓一個人受傷的方法。

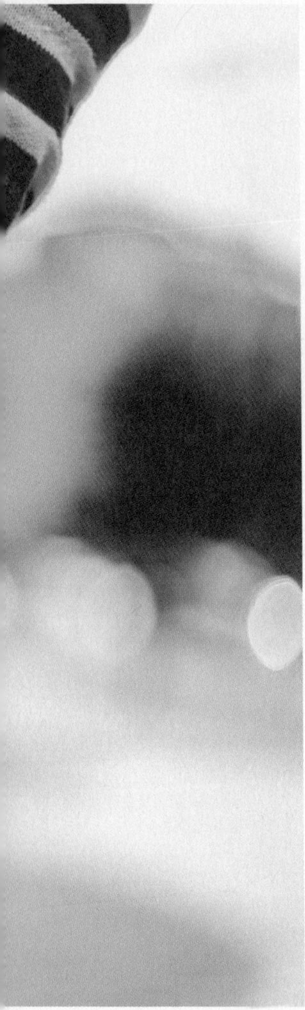

他是我大一時認識的學長，因為社團活動的關係，我們幾乎天天會見面。他是那種很受歡迎的男孩，身邊總聚集各式各樣的朋友，每每聽他分享他的生活，都會覺得透過他的眼睛可以望見另一片風景。他是一個多麼認真生活的存在，陽光的外表下有一顆柔軟的心，偶爾難過的時候我會把一些心事告訴他，也會在他那裡找到一片晴朗。

我向來不吝於表達喜歡，只要有一點點的喜歡我都會表態，但只有自己知道哪一次是很認真地在說。我很喜歡傳一堆愛心貼圖給他，而他也會在讀過之後，回傳幾個微笑貼圖。有點像是收禮物的感覺吧，儘管知道落花無情，但還是願做流水不停經過他身旁。大一活動結束之後，我們仍在網路上斷斷續續地聯絡，回覆的速度短則幾小時，長則幾日、幾週。剛好各自的生活圈很不一樣，也藉著這樣的距離確保自己不致陷得太深。

後來，我們一起看過幾場電影、一起吃過幾次飯。有一次參加了學校做蛋糕的活動，深夜裡我把蛋糕拿給他，離開前還順道跟他說了拍照的事，他也用一如往常的笑容答應了。

幾個禮拜後，他來找我拍照了。

見到了那位女孩，我覺得她真幸運，可以跟一個這麼棒的人在一起，那種感覺就好像小時候看電視劇，看到喜歡好久的主角終於和他喜歡的人在一起了，雖然那個人不是自己，還是為他感到高興。

拍完照騎車回宿舍的路上，我想起一些曾經有他陪伴的時刻，例如，看電影的那天、偷偷靠在他肩膀的三秒；我也想起終於有個女孩可以在她傳出愛心貼圖後，得到一個愛心的回傳。

其實，我從來不知道，最後的我有沒有走進他的故事裡。但已經不是很重要了，曾經出現在他的世界裡，就已經讓那些回不去的日子變得風光。

02 寫下你的名

等待社團開會的傍晚，坐在小日子商號裡，想起奶奶，突然有個衝動想記下這段回憶。

爸爸的母親在我還很小的時候就過世了，為了好稱呼，我們家口中的奶奶，其實就是我的外婆。

以前很喜歡走路到奶奶家，躺在竹子做的沙發上看一整個下午的電視，或是爬到高高的櫃子拿有加海苔的肉鬆、配上電鍋裡總是為我留的白米飯（小時候我們家不能看電視，也不太吃加工品跟純白米飯）；最喜歡大年初二，和爺爺奶奶搭上清晨的區間車，一路晃呀晃到奶奶位在台北的娘家，那時候的我覺得台北很遠、大概就是我腦中詞彙裡最遠最遠的地方。

長大以後，好多事情都變了。到台北讀書，曾經最遙遠的地方卻成為我現在的家，我們不再用電視看節目，我也不愛吃肉鬆了。自從幾年前阿祖過世後，每年初二我們也都留在台中家裡過了。

然而，有一件事是從來沒有變過的，那就是奶奶在我心目中一直是最溫柔的人；用自己的生命去點亮身邊人們的幸福，奶奶大概就是那樣的人。我想起小時候，學校的聯絡簿上都需要家長簽名，當爸媽不在時，就會跑去請奶奶幫我簽。每次要麻煩奶奶，她總會害羞地跟我說：「哎呀，不要讓奶奶簽啦，爺爺的字比較漂亮。」可是，仍然會提起筆在我的聯絡簿上一筆、一劃地寫下「王」這個字。

記得某天下午，我和奶奶坐在客廳拿著一張又一張的月曆紙，一筆一劃地揣摩怎麼把「王」寫得好看。奶奶不太會寫字、但就是會寫「王」。那天過後，我便開始在聯絡簿練習簽上「王」這個字，然後拿給奶奶檢查，祖孫

倆就會笑得合不攏嘴，好像這是我們之間的小秘密。

後來我也逐漸忘了這件事，直到有天我才發現原來奶奶不姓王、那是爺爺的姓。這個姓氏卻跟了奶奶大半輩子，我才明白不太會寫字的奶奶在慢慢揣摩筆畫的瞬間，是把她的青春與歲月一筆、一劃地寫進爺爺的生命裡。

我想起張曼娟老師說的：「當我提筆寫下你，你就來到我面前。」

可能是因為她把一輩子的辛苦和不捨都藏進她的皺紋裡了，所以笑起來的時候，特別柔軟、也特別貼近這個世界。我總覺得有一天我會忘記很多事，所有的盛大與平凡將變得不再重要，但是我不想忘記奶奶笑起來的樣子，所以我要把它好好的記下來，這樣就夠了，這樣就夠了。

03 把自己放進一首歌裡

半夜三點多的信義區，還剩幾條街的光亮，冰冷的空氣和著酒精的氣味，大概是那些寂寞的人與已經、或暫時不寂寞的人留下的。剛剛結束一場派對的拍攝，一個人走在喧鬧後突然安靜的街，想起上次深夜走在這裡是跨年的時候，當時是和一群朋友一起、熱鬧熱鬧的，想到這裡不禁讓眼前的孤獨更顯突兀。

沿著信義路走，有段旋律遠遠地傳來，唱著一首記憶裡很溫暖的歌，是Coldplay的《Yellow》。歌聲很遠、但是感情很清晰，溫柔地竄動在每個城市的角落，安慰每個深夜裡還沒入睡的靈魂。我突然想起一些事，卻離那些溫暖的場景已經好久好久了。

我走到離旋律不遠的角落，站在香堤大道的街燈下靜靜地聽著；有時候是一對情侶、一個人、或是一群剛從夜店出來的人們，有些短暫停留、有些就坐下了，每個人好像都從歌聲裡找到了什麼。

想起第一次聽到《Yellow》，是在國小畢業旅行的遊覽車上，當時聽到的是中文版，歌名叫《流星》，小小的我對歌詞沒有特別的印象，只是很喜歡這首歌唱起來的感覺，便一直把旋律記在腦海裡。再一次聽到這首歌，是高中和當時的男朋友一起在電影院裡聽到的，電影描述一位男孩的成長，這首歌是其中一段主角少年時光的配樂。出了電影院，和他提起了那首歌，我們便在網路上搜尋，並將這首歌儲存在彼此的手機裡。其實，《Yellow》不盡然是首情歌，只是木吉他刷著和弦，搭配主唱磁性的嗓音淡淡地唱著，就伴著我們走過那段情竇初開的時光，一起把全世界唱成我們的歌。

出去玩的時候，他總會帶著可以接兩個耳機的轉接頭，兩個人坐在彼此身邊，把我們的歌單播了又播，其中一首就是《Yellow》。記得有次期中考結束，我們一起搭公車回家，那天的乘客特別多，他從書包裡拿出兩副耳機，先用手指加溫了耳機冰冷的金屬聽筒、然後為我戴上；我把頭輕輕地靠在他的肩膀，在歌聲中進入只有我們兩個人的世界。車子搖搖晃晃，陽光從西邊穿過玻璃、照在他另一邊的側臉，從我的角度剛好看見陽光在他的輪廓線上鑲了一條金邊，我想起歌詞唱的「And all also the things you do, And it was called Yellow.（因為你所做的每件事，都有著金黃色的回憶）」

後來，我們分開了。這首歌也就跟著那段美好的記憶被封存在心中的一個角落。不知道是剛好、還是命中注定，後來的我再也就沒有哼起這段旋律。

把自己放進一首歌裡，找到了一些好久不再想起的場景。有些歌要在深夜才能聽，就像有些人，只有在半夢半醒間才能想起。

當天色慢慢亮了，我把每段記憶放回他們應該在的位置，謝謝那位彈著吉他的人，借給我這麼多勇敢，也謝謝他願意用他的歌聲，溫暖整夜的台北。

歌單最後一首是Beyond的《海闊天空》，裡頭唱著「永遠高唱我歌走遍千里，原諒我這一生不羈放縱愛自由」，好久沒聽到這麼真誠的聲音了，也好久沒有靜下來好好把一首歌聽完了。走回宿舍的路上，伴著天微微亮的台北，風有點大、我卻不覺得冷。

04 草莓蛋糕

學校城中校區的宿舍有兩棟，一棟位於林森南路、另一棟則位於徐州路；而這兩條路的交叉口，也就是兩棟宿舍的轉角，有一間麵包店。

我和他剛好分別住在不同的宿舍，有時我們會相約在那間麵包店門口。其實，我不常進入那間麵包店，只是那天剛好來了興致，就進去晃了晃、買了個草莓派。

「你看，看起來很好吃吧！」我走到玻璃門前拍了張照給他，一顆顆的草莓在麵包店黃橙橙的燈光下看起來特別可口。

「感覺不錯耶！」手機螢幕亮起的同時，背後的玻璃門輕輕地闔上，門把上的風鈴碰撞、發出叮叮咚的聲響。

隔幾天的晚上，剛好是他要回宿舍的日子，我到捷運站等他。見他之前我先到麵包店一趟，買了個草莓派給他，好讓他知道我有記著這些小小的事情。沒想到的是，抵達的那刻草莓派剛好賣完了，架上只剩下幾個草莓蛋糕。心想，那就索性買個草莓蛋糕給他吧。

忘了那天晚上我們站在他宿舍門口聊到幾點，印象很深刻的是風很大，但我不覺得冷。一個人走回宿舍的路上，我看到一顆特別明亮的星星，雖然也有可能是飛機，但我始終堅信，所有美好的夜晚都有星星陪伴，就姑且把它認作星星吧。

後來的幾天，只要想起這件事，我就會特地繞到麵包店去看看。但不知道是特別晚了，還是那幾天草莓剛好缺貨，草莓蛋糕再也沒有出現在鵝黃色的蛋糕架上。

「所以，你是抱著隨時有可能失去他的心情在讓自己往下掉。」有個朋友聽完這個故事後，為我下了註解。「是吧，其實我一直都知道的，他沒有這麼喜歡我。」我忍不住心裡發酸，「但還是會想試試看，試試看他會不會聽我分享生活裡大大小小的事，會不會讓我去捷運站等他，會不會有一天走進麵包店的時候，草莓蛋糕就跟那天一樣、出現在鵝黃色的蛋糕架上。」我鎖住眼眶，忍著眼淚把這段話說完，「我知道草莓蛋糕就像是老天送我的禮物，就像我知道他的給予，也是。」

我突然發現，要把一片片會不小心被刺傷的記憶碎片拼湊起來，需要多麼剛強的手，然而，我知道那些被刺傷的手結痂後，會在上頭長出一塊塊更柔軟的皮膚，這樣一來，以後的我就不怕被刺傷了。才明白，柔軟要比堅韌強大得多。

算了算，離上一次走進麵包店也有一段時間了。心底一直知道這個故事的結局：有天，當我再踏進麵包店，背後的風鈴還是會發出叮叮咚的聲響、草莓蛋糕會再次出現在鵝黃色的蛋糕架上。

但，那個時候，草莓蛋糕就只會是草莓蛋糕了。

05 一期一會

「上次離開之前，其實我一直沒有告訴他，我可能沒有機會再來了。但這一年來，他很認真地學英文，希望有天我們再次見面的時候、他能夠聽得懂我所說的話。」那天晚上我們坐在搖搖晃晃的臥舖火車，學長講起他和Jahid的故事。

他們相遇，是學長去年第一次去北印度的時候。學長服務的地方就座落在貧民窟旁、幾根木頭與幾堆茅草搭建出來的空間；Jahid和其他印度小孩一樣，睜著大大的雙眼，露出真誠的笑容歡迎他們，「他會拉著我的手，用手輕拍他身邊的地板，要我和他坐在一起。」學長說的時候，好像真的能看見Jahid微笑的樣子，「I、You、Home是他和我講的僅有的三個單字，我其實聽得懂，他想要去我家。但我總不可能說台灣太遠了、沒辦法來，所以我只是笑笑的，但心裡是很難過的，一種很深的無力感，想要維繫這段感情、卻又無能為力。」

後來，學長回台灣了。告別的時候哭得太用力，好像是自己親手葬送了再相見的可能，所以就把眼淚藏進往後的日子裡。「回到台灣，我很常想起他，想起他是不是過得好、有沒有找到工作，但就只能想想而已。」

「這次，他聽到我們要來就不停地打聽我們什麼時候會到，並且在第一個時間就衝來找我，當下我很想哭，因為沒有料到會再遇見他，我根本沒有想過會再回去這個地方。這一年來，他很認真地學習，是為了要再見到我，為此還找到不錯的工作。在台灣，你都不見得會影響一個人這麼深了，更何況是在這麼遙遠的地方。」第一次看到平時木訥的學長眼眶泛紅，我想起了日本茶道的「一期一會」，意思是因為一輩子的相會只有那麼一次，所以賓主必須各盡其誠意。

突然好開心，能夠有再一次的「一期一會」，儘管曾經以為此生不會再相見。

我不禁想著，這一年來Jahid是如何在資源缺乏的地方，因為一句話、一個瞬間就決定開始努力，為的是見一位可能再也見不到的人。台灣到印度距離四千多公里，還能在印度十億的人口裡遇見、影響彼此，是多麼難得的一件事，

這次是學長第三次來到印度了，他說，在旅程中總有些時刻你會明白每次付出、每次投入的價值。「服務學習是綁在一起的，對我來說不僅僅是服務，更多的是學習。」

因為服務的地方離我們住宿的地點有一段距離，我們要離開的那天、Jahid陪著學長走回我們的住宿地點。一路上因為語言不通並沒有太多的談話，更多的是肢體上的陪伴、或是相視而笑，兩個完全不一樣的世界好

像融合在那一天的夕陽裡了，和著不同顏色、卻一樣溫柔。偶然的擦肩，成就了往後彼此的燦爛。

這次可能是真的再見了吧，但帶上曾經相遇的笑容和溫暖上路，這一路也已經勇敢了。

06 你就是我的全世界

下午在公園拍照時巧遇一對情侶，遠遠地，就聽見很舊的老式情歌，沙啞的聲音裡藏著好濃好濃的情感。湊近一問，原來男人來自比利時、女人來自芝加哥，他們剛從尼泊爾離開，來台灣參加朋友的婚禮，會在這裡停留到春天結束，再飛到紐西蘭過冬。

三十幾歲的他們，已經牽著手走遍世界各地，男人是廚師和調酒師、偶爾會做一點木工；女人則會多種語言和花藝。他們用技能交換、打工換宿的方式收集世界各地的風景，提倡眾生平等、素食主義者的他們，用雙腳與行動愛著這個世界。在我按下快門的時候，男人用不太標準的英文對我說，他很喜歡台灣，他一邊刷著和弦，一邊轉頭用紙和筆寫下郵件地址給我，說很開心認識我。

看著他們互望的樣子，想像他們一起走過了多少世界的顛簸，但依然成為彼此眼中最美的風景。並不是因為旅行偉大，而是一個人願意帶上另一個人的世界，一起去體驗人生的各種滋味、一起面對居無定所，並且一起面對一路上遇到的所有困難。

我想起高中時認識的學姊，高中畢業之後，她就隻身離開台灣，到國外打工度假，存了人生第一筆錢之後，便用那筆錢到不同國家生活，體驗不同樣子的人生。「走過那麼多地方，才發現其實人生沒有好或不好、優等或次等，只是生活方式的不同。我們很常用自己的眼光去評判別人的世界，但其實在他人眼裡，那就是他們世界的樣子。」學姊也在國外談了幾段異國戀情，發現愛是超越種族與語言的，「幸運的是，在不同地方也能找到家的感覺。」現在的她，和一位法國人在美國定居，他們是彼此的家、也是彼此的旅程，儘管擁有截然不同的背景，但是當兩個人的時光重疊時，便早就超越了隔閡，每一條路都能走成天荒地老。

眼前的男人刷著琴弦，女人則在一旁看著原文書、偶爾跟著哼哼歌，我想，下一站要前往哪裡已經不重要了吧，帶上我的全世界與你相遇，知道原來你就是我的全世界。只要牽著你的手，走到哪兒都不是流浪。

07 等妳

那天見了男孩，他說，要和我說一個承諾與等待的故事。他和女孩在高中時認識，他一直有股直覺，就是她了，原以為會一直這樣走下去，卻在前些日子因為一些原因暫時分開了。

我們約在他們最後一次見面的公園，走過幾個月前他們一起走過的路，看著幾個月前他們一起看過的風景。「我們只是暫時分開，」坐在湖邊木頭椅子上，他轉頭和我說，「等我們都變更好了，我們會再在一起的。」我不禁有點鼻酸，想起我曾經相信的海誓山盟，後來也都在日子不停堆疊之後，變得像是不知天高地厚的童言童語。

「你真的相信你們還會在一起嗎？」我忍不住問他。「會吧，我相信。」陽光沿著他的側臉落下，他青澀的臉龐顯得格外堅定。男孩跟我說起分開後的日子，他嘗試了很多改變，例如：開始攝影、開始加入社團，原本的世界只有女孩和他，但當他開始走出自己的世界，就看到了另外一片風景。

「我知道女孩也正在為我做這樣的改變，」他們仍然保持聯絡，這樣的距離讓彼此的世界除了對方之外還擁有更多的可能，「所以我很期待未來的一天，我們看到了彼此的改變，然後，再一次在一起的那天。」

跟著他的腳步，一路上，他和我分享了他們是怎麼認識、怎麼相愛，然後是怎麼分開的。我們走到一片草皮的轉彎處，前方是一大片翠綠的湖水，「但，你不會害怕，有一天你們都變得很不一樣了嗎？我的意思是⋯」意識到自己好像問了個很失禮的問題，但他沒有過度反應，只是微微地歪了一下頭，「我懂，恩，會呀，有時候我也會害怕，如果有一天我或她不等了，那麼，我們的這些想念和努力算不算數，或者是⋯」男孩深鎖眉頭，眼角泛著微微的淚光。

「後來我明白，這樣的努力不僅僅只是為了她，也是為了我自己，當我們都能明白這一點，其實，最後有沒有在一起好像也不是那麼重要了。我們因為彼此成為了更好的人，就是我們曾經相愛送給彼此最好的祝福。」

「我相信她的承諾，而她也願意相信我，然後一起更好，這就是我們相遇的意義了吧。」我看著他的背影，想著不知道很久很久以後，男孩還會不會這樣想。陽光灑在微風吹過的湖水上，一閃一閃的，好像男孩的眼淚，儘管知道可能受傷，仍然要盡全力閃耀的樣子。

08 秘密守護者

「其實，我平常的作品比較是抽象的畫風，但不知道為什麼，今天我卻畫了你清楚的五官，」女孩站在巷子口要送我離開她的家，她雙手抱著畫框，上頭也掛著我畫的她。「可能是你的故事很豐富吧，雖然聽你說起來，好像也不全然都是陽光溫暖的。」我想起她畫的那個七彩的、微笑的我，一個人走在路燈都已經亮起的街道，不禁想著那真的是她眼裡的我嗎？看著女孩站在街燈下的身影越來越小，默默地心想：「她會好好守護我的秘密的吧。」

女孩是美術系四年級的學生，因為畢展的關係，開始了一項小小的計畫：邀請陌生人來家裡，面對面畫下對方的樣子，然後聊一聊彼此的故事。我是她的第六位訪客，我們相約在一個微涼的春天傍晚見面。

「我是個不太擅長交際的人，因此，在見面前我都會有點焦慮。」她遞給我一張畫紙，剛好遮住她有些緊張的側臉。「可是，在大學時，我的作品幾乎都是自畫像，很想要嘗試看看，讓陌生的對方畫下彼此。」她右手拿著草綠色的蠟筆，左手在畫紙上塗塗抹抹的，「原本這個計畫是要以文字紀錄為主，書寫也算是複合媒材裡其中一種藝術形式，但我想單純聊天可能會有點不好意思，才想說可以畫下彼此初次見面的樣子。」她輕輕

地笑了，我趕緊趁著這個時候在空白的紙上畫下她精緻的輪廓。

因為小時候和陌生人分享秘密的經驗，讓她誕生了這個交換故事的想法。

「有些事，我們沒辦法跟熟悉的人開口，但知道眼前這個陌生人之後再也不會見面了，往往能夠聊得比較深入。」我點點頭。「有點像是把秘密藏到一個很遙遠的森林裡，你知道不會再拜訪那個森林了，但是至少在那兒找到了一個出口。」

女孩說她的記性不是很好，習慣用顏色和筆觸來記住當下的感受，待日後反覆咀嚼後再用文字寫下。「印象很深刻有一位男孩，他說話淡淡的，沒什麼起伏，但他正在說的是影響他很深的事，」她一邊塗淡畫紙上的顏色，臉上沒有一絲愉悅或難過。「你會發現每個人面對秘密的方式都不同，他可能選擇了平靜，或者是平靜選擇了他。」「也可能是這個秘密在他心中已經成為了一個事實，」我一邊補充，一邊明白每個秘密的終點，好像就是變得雲淡風輕。「已經不再有當時那樣刻骨的重量，也沒有好或不好，時間就是讓他接受了那樣的轉變。」

「妳會後悔接收了這些人的故事嗎？」我看著她專注塗抹的同時，想著她筆下的色彩要乘載多少故事與重量。「不會呀，雖然有時候我會覺得很難受，就是：你知道的，有很多很難過的故事。但是，我想這就是藝術和分享可以帶給人的力量。好多人在訴說的時候會默默地掉眼淚，而我也會在畫紙上畫下他們的眼淚，但我會用比較溫暖的顏色，因為那是一種解脫的眼淚。」看著我畫裡的她，不禁為她加上一些色彩，我覺得她好美，好勇敢也好真誠。

離開的時候，我把我畫的她拿給她看，畫紙上是一個彩色的女孩，深深淺淺的色彩從她的心臟向外延伸，深色的部分是她故事裡的重量，淺色的，則是她給我的感覺，輕輕柔柔的。她看著畫裡的她，好像懂我的意思。「謝謝你耶，願意來參加我的計畫。」「也謝謝妳。」我們看著彼此畫中的自己、輕輕地笑了。

09 母親的願望

二十歲之後，我比往常更少回家了。

相隔一個多月，一邊收拾著幾天後就要回來再次弄亂的桌面，一邊想起一些關於母親的事情。

我的母親是很節省的，她總說：「你們要體諒爸爸工作的辛苦，能省一點、就省一點。」因此，家中時常出現一些賣相不佳的水果，母親說，那些是賣菜阿婆送的，知道我們家裡有五個小孩要養，比較辛苦。弟弟上小學之後，母親都會在他們的餐袋裡多放一個保鮮盒，為的是讓弟弟能夠帶學校多餘的營養午餐回家，當作她和爸爸的午餐。

但有一筆錢，母親是絕對不會省的，那就是讓我回家的車錢。她總會問我什麼時候考完試？什麼時候可以回家？她總和我說，不要在超商買票，要到車站買，這樣可以省下十元的手續費。回家之後，她也會早早和我確認回台北的日期，和爸爸走路到附近的車站幫我領回程票，省下那筆少少的手續費。

想起媽媽曾和我說起她小時候發生的事，預備考高中那一年，家裡出了大事。外公因為朋友之間的借貸違反票據法，必須逃離家，留下外婆獨自應對上門的黑道。有天回家時，大舅突然在半路上攔下她，說小舅已經被壞人扣住了、正在家裡等大人，外公不在家，外婆也躲在鄰居家。今晚他們不能回去，必須要借宿在鄰居的朋友家。那一晚他們沒吃飯、也沒有洗澡，跟著哥哥待在一個完全陌生的環境裡擔心著家人，無眠直到天亮。隔天，沒有家人的消息，也穿著一樣的衣服去上學。

那段日子裡，家中不能開燈，不能讓別人看出家裡有人。有時候，還得忍受黑道強烈拍打大門的聲音；攔不住時，他們闖進了家門，外婆優先保護著孩子，並且嘗試跟他們懇談；他們賴著不走時，也曾經向警察求救過。有天晚上，外公慎重地說必須得搬家了，而且隔天就要走，母親就在兵荒馬亂之中離開了她住了十多年的家。來不及和她的所有朋友們說再見，也無法跟感情深厚的家園好好告別。

我才了解，原來母親對於家的嚮往和對家人的重視，有一部分是來自於她小時候的經歷。而我也深刻體認到身邊這些看似習以為常的幸福，並不是平白無故得來的；那些母親曾經走過的顛簸、背負過的沈重和傷痛，在好久以後成為了一種執著，而這樣的執著則成為了給兒女們的祝福。

「同樣是搬家那一年，我的爺爺因為生病過世。雖然考上了當時台中的第一志願，卻一點都沒有金榜題名的喜悅，」母親說，「我後來在夢裡抱著爺爺，想到就要失掉爺爺，我便好捨不得夢醒。他在我十六歲那一年離開，連一張合照都沒有留下來。年輕的時候總以為日子是如此長長久久，永遠把對家人的愛排在最後，總覺得家人會永遠在那裡。但其實，對於家人的愛更要及時。」有時候會不經意地在夢裡經過一段已經遺忘好久的場景，儘管醒來後總是很不捨，卻也明白曾經的刻骨銘心已經變得好輕好輕。

我想起小時候的某一年，媽媽找了一家婚紗公司，要為我們全家拍下紀念照，為此還預備了好多套禮服。當時覺得好像全家一起出去玩，但也只不過是去攝影棚裡。後來弟弟妹妹出生之後的某一年母親節，母親也選了一天帶著全家人去拍全家福，那天母親和外婆都換上了潔白婚紗，爸爸和外公則是穿上西裝，就像是結婚般的盛大，我和姊姊則在服裝間裡東挑西選，終於選了一套我們都滿意的服裝。那天，最小的弟弟還因為不小心碰到電棒捲，在攝影棚裡大哭，於是照片裡的他便紅著眼眶、嘟著一張嘴。

學會拍照之後，逐漸由我來幫家人記錄下這些時光，出去玩的時候、過生日的時候、或僅僅只是弟弟弄丟玩具在哭泣的時候。那些影像拼湊著我們生活的日常，完整了母親對於家庭的想像。她總愛提醒我要記得把照片傳給她，她會把那些照片存進手機相簿裡，時不時就溫習那些不管是快樂的、難過的，或是那些最平凡的場景。

每每看見母親笑得燦爛，就是我最引以為傲的寶藏。其實，母親的願望並不大，偶爾陪她聊聊天、拍拍照，有空的時候記得回家，這樣就好了。

整理著行李，想起這些事。我突然好想要快點回家，突然好想念母親和家裡的一切。

等等回到家一定要抱一下她。

10 三點二十九分

我想起一直收在房間抽屜裡的那支錶，些微掉漆的錶帶連接著已經鏽蝕的錶面，靜止的指針停在下午三點二十九分。

那支錶是在我升上國中時，為了應付各式各樣的升學考試，爸爸帶我到家附近的賣場挑選的，那是我人生的第一支錶。

看著大大的櫥櫃裡琳瑯滿目的手錶，特別繞過有著各種色彩與卡通圖案的兒童錶區，走到一櫃放滿指針式電子錶的櫥窗。看著那些素色系的錶，忽然覺得好像擁有自己的錶，便代表我長大了，從此要告別那些不需在乎時間是長是短的童年時光了。

小時候買東西時，總習慣挑最便宜的，因為從小父母教導我節儉的觀念，錢要花在刀口上。但是，那天爸爸竟然要我選一個自己喜歡的，開心之餘，也讓我認為手錶對成年人來說，就是這麼重要的東西吧，所以算是花在刀口上。我便在形形色色的電子錶當中挑了一個黑白錶面、上面有著數字顯示器和指針的款式，清楚記得售價不到一千元，但是對當時的我來說，已經是好大一筆數字。

我一直很喜歡那支手錶，每天睡覺前，總會開心地跑到廚房，沿著錶面的弧度輕輕地擦拭鏡面，確保它保持閃閃發亮的樣子，和當時在櫥窗裡初次看到的一樣。

第二次換錶，是某一年的夏天。然而，說起那段時光，就讓我想起J。

J是和我一起長大的男孩，我們年齡相差兩歲，沒有兄長的我，常把他視為成長過程中的模仿對象。與其說像是哥哥，更像是一起長大的玩伴。小時候的生活圈並不大，缺乏安全感的我很依賴身邊的每一個朋友，而J是我其中最喜歡的一個。記得讀國二時，他剛好升上高一，因為不同學校而且住得有點距離，我會在放學的時候多繞幾條街就只為了見他一面。那個年紀還沒擁有手機，我會在筆記本裡寫下他段考的日期，然後在前一天，用家裡的電話偷偷地打到他家，對他說一聲加油。

那種感覺應該是喜歡吧，只是當時的我並不知道，也就默默走過了那一段把他的生日當成郵件密碼、寫在桌墊底下的日子。

升上高中的夏天，高三的他即將畢業，我們剛好可以報名同一梯暑期營隊，那是我期待好久的事。那次的營隊我們要到北部進行一系列的野外活動，其中一個是到烏來的桶后溪溯溪。

吃完午飯後，一群人騎著單車前往溪邊，換上成套的溯溪裝和溯溪鞋，我特別選了和他一樣顏色的裝備，就像要共同經歷一場冒險，所以必須是同一陣線。以前的我一直覺得青春是條孤獨的路，但是那一刻突然變得好清晰，他終於要和我一同前往，雖然不知道即將前往何方。

慌亂之中，只記得所有清晰的景色都因對焦在他的身上而變得模糊，溪水很涼，偶爾打滑的時候會提醒自己應該專心看路。

傍晚時，我們坐在溪邊的大石頭上，夕陽、遠山、溪水、或藍又綠的波光蕩漾。直到天色有點晚了，我舉起手來想看看現在幾點了，才發現錶面嚴重進水，透過玻璃一層薄薄的霧，隱約辨認出指針停在下午三點二十九分。

營隊結束後，我把手錶拿去錶行修理。老闆說，進水造成內部的零件鏽蝕，沒辦法修了，建議我直接換一支。我把手錶小心翼翼地放回保存很好的錶盒，心想著原本想要一直戴著它的，怎麼就這麼不小心呢。

下午三點二十九分，是什麼時候？在水邊的青苔上不小心打滑，J一手拉住我的那一刻嗎？還是我們正在穿越大石，上方的積水像瀑布般拍打在我們臉上？或是我們已經到達上游，在見不著底的深潭邊，J像一道飛躍的弧線跳入水中、濺起水花的瞬間？

不知道，我也無從知道。

開學後，我存錢買了一支全新的手錶，銀白色的、有點像手鐲，可能在我對於成熟的想像裡，包括穿戴一支符合自己年齡和品味的錶吧。後來我和J漸漸沒有聯絡了，升上高三的他，開始準備考大學，而甫入高中的我也專注在學業及課外活動。當初很喜歡J的那種熾熱感，被時間的洪流沖得很淡很淡。

「不是不喜歡了，而是我從沒有機會對他說，便再也不需要說了。」那天我和朋友提起，不知小時候的喜歡，是不是真的喜歡；就好像停了的指針，我選擇讓所有的美好，就留在那個當下。

很像一場精緻的戲，所有的鋪陳、為的都是那一場告別，告別那些無所畏懼的時光、告別那個他和曾經那麼喜歡他的自己。現在的我也已經走了這麼遠，儘管些微落漆的錶帶還是連接著已經鏽蝕的錶面，靜止的指針仍然停在下午三點二十九分。

11 最後一封信

從來沒有想過，會以這樣的身分祝福你。

想起高三的每個晚上，我們會在圖書館待到九點，然後一起繞過彎彎的操場，走到校門口旁的轉角送你回家。總要等到你的背影消失在路的盡頭，我才捨得一個人慢慢走回去。那年的冬天特別冷，我卻不覺得寂寞。是哪一次的抵達模糊了往後的方向，我始終無法記起。

後來的時間，每天都像在走迷宮，怎麼都遇不到你。最難過的是，直到要離開迷宮時才發現，遠遠的方向，你還在裡面。原諒我沒有選擇回頭、牽你的手帶著你出來，因為我知道，那會讓我們再次困在其中。有時，我會懷疑那時候的自己是不是太膽小了，所以只能選擇狼狽地處在原地。最後一次在去海邊的路上，火車晃呀晃，驚覺這可能是你最後一次靠在我的肩膀睡著。路過了一整個夏天才發現，或許我們從來沒有機會把所有想記得的都收藏好。

略過海風望向你，我再度從你的笑容裡看見當年心中所想像的幸福，那是幾年前我連想都不敢奢望的。好慶幸是你陪我走過兵荒馬亂的青春、陪我在不同身分中找到自己。好多時候我都覺得生活像走馬看花，只好趕緊把每個想記得的時刻在生命裡敲下重量。

起風的夜晚總會想起好多舊故事，悄悄想起那些曾經以為很深刻的人，然後再悄悄忘掉，天亮之後，就會責備自己不該困在這些小情小愛裡。如果我願意把秘密寫下來，那些祕密是不是就會變成回憶，好好地被安放在心中的一角。有些擦肩而過的溫度不會被遺忘，就像那些太年輕的決定，依然沒法好好被放下。換了城市、換了街道、換了夜晚，曾經相信的勇敢與承諾，終於在好久好久的以後，願意被我們承認終究輸給了時間。

後來覺得沒有遺憾了，當我再想起你，或是向朋友提起關於你的事。還好擁有過的是你，還好愛上剛好的彼此，還好最後我們還是一起去了海邊，還好最後的最後，我們仍然心懷感激。

帶著好多虧欠與無奈，我還是想要好好地謝謝你。如果每個人在年輕的時候都要碰到幾個善良的人，那麼，你一定是那個善良的人。謝謝你的出現，讓我知道我值得被愛；謝謝你的出現，讓我們都能夠在未來的某天帶上更好的自己往前。曾經是彼此最愛的人，就燦爛了每一個回不去的時光。儘管時間還是追不上兩個四季，但緩緩時光是和你在一起的所有日子。收好記憶和眼淚，要準備到各自的未來流浪了。

我怕天亮之後我再也不會想起你了，所以你也不要來我的夢裡；就讓我帶上關於你的美好和遇見你的幸運，自己走向未來。

這就是答案了吧。

終於看見你牽起了另一個人的手，讓所有的難過與眼淚都幻化成另一種溫柔，安慰我們最終無法相愛的結局。看著你幸福的樣子，是你送給我最後的禮物。

不想署名的信

致每一封不想署名的信
以及每一個不想忘記的你

有天我失眠的理由不會再是你的笑容，
這些向光的記憶都會過期，
重曝後的場景也不會再是彼此的身影。

但是我仍然不想忘記你。

所以沿路採拾了每一份想念，
把它們放進每一封信裡，
我沒有寫下我們的名字，
因為我一直相信儘管我們走散了，
仍然會用更好的樣子，
在更好的地方相遇。

01

我要寫一封很長、很長的信給你，
把我的想念塞在行間，把我的不捨藏進字裡。

我會成為一個郵差，從我的左心房出發，
經過我的眼淚，再經過每一個我們一起走過的場景。
我會騎車騎得很慢，因為我知道你不喜歡太快地離開；
也怕我騎得太快，就誤把相似的背影，錯認是你。

騎了好久，久到有點忘了我是什麼時候出發的。

等到抵達的時候才發現，
路是對的、地址是對的，還有你家門口的那張木椅也是對的。
但是你早就不在那裡了。

我會代替你把信打開，
大聲地朗誦出來，
好像這樣做，
不管再怎麼遙遠，
你都還是能聽到。

轉身之前，
我發現我再也不想寄信給任何人了，
於是便把那些回憶，
連同縮得很小的自己，
一起放進那封你永遠收不到，
而我也永遠帶不走的信封裡。

我把你別在我的衣襟上，
很靠近左心房，但還是有一點點距離，
那樣的距離可以讓我保持清醒。

我搬出好多無關你的場景，放在天秤的另一端，
你知道的，我一直努力和太重的回憶平衡了。
因為只要不小心失衡了，我就會忘了你已經不在終點，
也忘了自己應該轉彎；
我就會迷路。

再一起走下去好嗎？
直到我們能夠成為彼此最喜歡的人，
直到我的陽光灑進你的世界時不會感到刺眼，
直到所有遙遠的漫山遍野，
都能成為家鄉。

我又一個人去看海了。

海風鹹鹹的，和著一點點你的氣味，
而你已經離我很遠，很遠。

波光粼粼的海面，好像一個個曾經閃爍的日子。
你知道嗎，它們總會在一閃神的瞬間，
不小心倒映出你的影子。

我把失去哼成歌，唱的時候我可以看見你的側臉，
可是，我看到的你的模樣又是要讓我知道，
你並沒有望向我的方向。

夕陽沿著你的輪廓鑲成一條金邊，
穿過淡水它們會和透明的天空和在一起，
變成淡淡的，
你最愛的鵝黃色。

十二點鐘方向的雲彩從粉橘轉成琥珀色，
雨就要下下來了，
但是我知道，

這次我要自己回家。

04

謝謝你借給我的勇敢與脆弱，
但，我要把它們還給你了。

我把這些日子摺成星星，摺得很小很小，
小到可以放進心裡，小到我會忘記它們曾經讓我難過，
雖然星星的角偶爾還是會刺傷我。

陽光離開了原本的折射角度，
照在你往後的日子，
於是我的世界下起了雨。
但還好還好，
你留下的記憶成為了一把傘，
讓我可以好好的，
繼續把剩下的路走完。

前陣子一位朋友和我說，很喜歡我分享的故事和照片，
但有時候太滿了，需要一些空間、一些喘息。

我後來才明白他的意思，大概和愛人是一樣的吧。
不能愛得太多、不能愛得太滿；
需要間隔彼此都能望見對方的、一片海的距離。
想單獨的時候就在島上安靜一人，
想念對方的時候再慢慢划船靠近。

但我始終把一片海想像成了一窪水，
每次一不小心就跳到對面，
只好摸摸鼻子再自己跳回來。

因為離你太近，
所以失去了焦距，
這是我後來才知道我們看不清楚彼此的原因。

06

有一陣子特別喜歡買書，買詩集、買散文、買小說，
把自己藏進字裡行間，希望在別人的故事裡找到一個出口。
後來我不再買書了，還沒看完的書在床頭堆成一座小小山丘。

有一陣子愛上慢跑，讓情緒和汗水一起隨著熱氣蒸發，
痠痛與疲累讓我在夜裡不再失眠。
後來我不再跑了，
體態跟著想念隨著一天天過去，慢慢膨脹。

最近一陣子，
我迷上想念你，
吃早餐的時候想你，
搭公車的時候想你，

忘記自己是誰的時候想你。
可是總有一天，
我會戒掉這個習慣的吧，
就像我也曾經那麼喜歡讀書和慢跑。

冬天過了就是春天，

春天走了夏天就要來了。
如果每個季節都有每個季節的任務，
上個季節是遇見你，
這個季節是喜歡你，
那麼，
下個季節就是好好告別你。

輯五 關於夢想——夢想について、願いがすべて叶う

當景色都相連

並不是因為我們成就了什麼事情而偉大，
而是因為我們願意相信自己還有一個堅持的方向，
所以我們仍然在天空中閃耀。

01 前進，讓路更清晰

一邊收拾著行李，一邊將這幾天的思緒歸類放好。這次過年大概是近幾年以來最不像過年的一次。讀了幾本書、完成了一些工作，剛好也有機會和家人聊一些想法。好像終於能好好地把自己的想法說出來，並且可以站在家人的角度理解父母為什麼這樣選擇了。

媽媽大概想說的是：愛也好、選擇也好，背後附帶的是責任。

這次過年來得特別早，可能是因為天氣的關係吧，還沒冷多久就悄悄開始佈新了。剛好是滿二十歲的過年，好多事情和往常一樣，稍稍不同的是奶奶的腳傷好像更嚴重了些，爺爺的白髮感覺更白了，兩個弟弟也都穿上國小制服了。

對我來說，最不一樣的是第一次從我手中發出紅包了。金額可能不足掛齒，但至少是一種能夠給予的證明，一種能夠回饋家裡的微薄心意。去年開始有機會透過拍照存了一點點錢，雖然還不到完全地自給自足，但至少可以供應自己基本的生活費，偶爾買點書、存些錢去想去的地方。我想長大就是這樣的吧，有時會對自己的日趨複雜感到無奈，卻也慶幸自己能漸漸在芸芸眾生中找到定位，然後更加成熟穩重地前進。看著弟弟妹妹們在家裡跑跳的身影，有時還不敢相信自己就要成為完全獨立成熟的大人了。

隔天一大早要飛往印度，想起幾天前朋友問我怎麼會想去這麼遠的地方。記得學姊問我要不要去印度當影像紀錄是去年十月，當時並沒有想太多，只覺得很不像我會做的事，所以想挑戰看看。包括集資計畫、轉系，其實都沒有太深入的考慮，只覺得機會來了就去做了，而我確實也正在努力為這些決定付出行動。

一直覺得能夠抵達的人，差別就在於當身邊的人還在猶豫的時候，他就已經出發了。

前不久，爸爸騎著車載我去買相機的備用電池，我突然明白就算我已經長到20歲，爸爸還是堅守著他對我的那份愛與責任，也感謝那樣的價值觀讓我成為現在的樣子。時代在進步，不管是在感情或工作，年輕人都有比起以往更多的選擇，似是而非的價值觀也讓我們好像怎麼做都可以，但必須記得，我們要學會為自己的選擇負責任。

好快呀，明天此時就已經在另一個完全不一樣的國度了，這是我第一次靠自己存的錢和一點努力換來的機會，為自己這些日子以來的改變感到開心，也期待即將在印度體驗的所有混亂和衝擊，以及隨之而來的反思與成長。

一起前進吧，生活的樣貌總會越來越清晰。

02 長大的交易

「成長是一筆交易，我們都是用樸素的童真與未經人事的潔白交換長大的勇氣。」——宮崎駿《魔女宅急便》

幾天前到附近的國小拍照，結束工作時離天黑還有一段距離，便留在那裡休息一會兒。正在整理器材的時候，有一位小男孩盯著我微笑，我看著他，也對著他笑了笑：「你幾年級呀？」

「我六年級！」

「六年級？」

「對呀！應該是六年級！」

「是六歲還是六年級？」

「是一樣的吧！」

他傻傻地笑了，露出一排小小的牙齒。

小男孩騎著他的滑板車繞了幾圈操場，又騎回我的身邊。跟我說他繞一圈操場我就要幫他拍一張照，我說好。拍到第十張的時候，我問他要怎麼給他這些照片，他說我可以留著，等他長大後再給他，因為爸爸不讓他用電腦。我看著他認真的表情，也說好。

要離開的時候，他的外婆牽著他，小男孩回過頭來對我說：「我每週都會來這裡玩，你下禮拜可以來找我喔。」然後露出一個大大的笑容，裡頭好像藏了一座樂園。

我看著他和他的樂園笑了，但我沒有說好，因為我知道他會認真相信的。我只是靜靜地看著他們的背影變得越來越小，慢慢消失在淡粉色的夕陽中，然後從心底謝謝他，謝謝他讓我又成為了小孩，儘管只有一個小時。

走去牽車的路上，我想起了好久以前跟朋友的對話：「為什麼我們以前可以笑就是笑，哭就是哭，現在的情緒好像變得比較複雜了？」我想了想後回答他：「沒有為什麼吧，就只是因為我們長大了。」其實，我從來都沒有害怕或拒絕長大，反而覺得知道的更多是讓我們擁有更多選擇，但我也一直記得，單純是眾多選擇裡面絕對不能放棄的選項，我們仍然保有最純粹的那一塊，只是我們忘記了。我一邊走，一邊記下這簡短的文字：

「我不想長大。」

「可是長大後你才可以選擇。」

「選擇什麼？」

「選擇繼續保持善良和單純。」

想起今天在路上看到的冰淇淋店招牌，覺得好可愛。

「大人每天要有15分鐘認真當小孩呦！」

03 走在前面的妳

自從我來台北讀書之後，媽媽手機裡的天氣 App 多了顯示台北天氣的介面。幾個月前，也新增了瓦薩，那是姊姊未來幾個月要去讀書的芬蘭西部沿岸城市。這幾週，家庭群組不停跳出媽媽傳來關於那個遠方城市的種種資訊和各式叮嚀囑咐，我們知道她一直用她的方式愛著我們。

即將前往北歐的姊姊今天就要出發了，傍晚時我們全家從各地聚集到桃園機場送機，看著媽媽不停地掉眼淚，心想，要讓做母親的放手讓兒女成為他們自己人生中的樣子，是多麼困難的一件事。

腦海中閃過好多我們一起成長的時光。在弟弟妹妹出生之前，家裡的小孩只有我和姊姊。相差兩歲的我們，在我讀幼稚園的時候她已經上了小學，記得她上學的第一天，媽媽載著我去學校接她，看著她從大大的校門跑出來，便幻想著自己有天也可以穿著制服走進這座校園。坐在後座的我聽著她和媽媽興奮地說著學校發生的事，好希望自己也能快點長大。

所有關於未來和長大的想像，她都先幫我走過一遍了，「你要好好珍惜現在！到時候你就知道了。」她總是這麼跟我說。

可能是彼此的個性並不完全相像，卻又生活在一起。我常常在心底想著，若是季節的話，我們誰是夏天、誰是秋天；如果是一天的話，我們誰是清晨、誰是黃昏。後來我覺得只有她才能是她，也只有我才能是我，我們彼此影響著，卻又在人生旅途上走著截然不同的路。

姊姊很喜歡做甜點，大學之後，她曾經和朋友經營一間線上甜點店，而且經營得還不錯，只是媽媽始終覺得，非本科系的她若要經營這一塊需要更多的安排和規劃。以前我常和姊姊討論彼此的未來，只是長大之後便很少問起姊姊的夢想了，好像質疑她的同時也在質疑我自己，但看著她一路往自己理想的狀態邁進，走在後頭的我也時常叮嚀自己要趕緊向前。

看著姊姊拖著又大又重的行李準備Check in，想著姊姊大概是我人生中除了媽媽以外最愛的女人了，我們偶爾爭執，但仍然彼此包容。那種愛是知道我們儘管不再彼此依賴，卻也會在好多時候想起彼此，遠遠地、默默地惦記著對方。

去國外唸書是什麼樣的呢？大概要等她回來和我們分享了。姊姊要入海關的最後一刻，蹲下來擁抱了弟弟妹妹，為他們擦去眼淚。是呀，我們就相約下一次春暖花開的時候再見吧，再見時好好告別，再見前要記得想念。

啊！突然驚覺會有幾個月吃不到姊姊親手做的甜點了。

中華航空 CHINA AIRLINES

04 期待彼此未來的樣子

秀場的預備室人聲鼎沸，設計師們形色匆忙地進進出出。看著學長把握最後時間把自己的想法和理念一針一線地縫進厚重的布裡，時不時打理每個模特兒的妝髮，眼神透露出的堅定與自信，讓我不禁回想起初次見面時的青澀模樣。

第一次見到學長，約十六、七歲時，他是我社團的前輩，稍捲的頭髮搭配整齊而劃一的灰色制服。總覺得他特別清秀、不太說話，時常一個人背著一台小小相機在社團教室裡晃來晃去。兩人的交集大概是一年後在宜蘭海邊的送舊，整個社團在學長姐開始準備學測之前一起出去玩，我只模模糊糊地記得，他好像要報考設計相關科系。那天外澳的太陽很大，陽光和濺起的海水灑在每個人的臉龐，第一次看見他笑得這麼開懷。

後來再次連上線是幾個月前，他跟我說他的作品進入決賽了，希望我幫忙側拍。實踐大學的動態展演是服設系的年度盛事，每位大三學生都要獨立完成六套系列作品，而兩百多組作品中，只有三十組能進到決賽。

那天謝幕之後，評審公布學長拿下了決賽的第一名。

頒獎的時候，我再次看到學長開心的笑容，聚光燈和著眼淚一起灑在他的臉龐，好像那天海邊的傍晚。「堅持我認為重要的東西。」賽後慶功時學長認真地說，看著眼前的他，突然有點不敢置信那個曾經青澀靦腆的學長竟然已經成為了這麼優秀的設計師。

「謝謝你來，辛苦了。」結束之後學長跟我說，我也謝謝他願意相信我的專業，同時覺得好慶幸在好久不見之後，我們都成為了離自己心目中更近一步的人。

收工完回程的路上，突然覺得好榮幸能夠參與這一刻，看著曾經生活裡的人在各自的領域發光是多麼幸運的事。我深刻地感受，我們都會越來越好的，並且同時期待下一次再見到彼此的樣子。

05 平凡而努力的自己

最近很喜歡把瑣碎的事情和感覺記下來，就像是把生活中短小的片刻賦予重量，好讓它們在身邊停留下來。

剛剛打開行事曆發現今天是週六，也是這個月的最後一天了。一手提著厚重的原文書，一手拿著剛買的繪圖板，一個人走在光華商場的電子街。五顏六色的招牌與下班的車水馬龍明明滅滅，突然覺得自己只是個在大大城市裡竄動的小小光點。

我想起國小代表學校參加電腦繪圖比賽，總是很羨慕其他學校的選手，每個人手上都拿著一個繪圖板。記得好幾次都想開口跟父母說我也要買一組，但在那時，一片巴掌大的繪圖板好像是很昂貴的東西，便只是把這個願望放在心裡。升上了國中後，還是繼續代表學校參加電腦繪圖的市賽，但當時因為考取美術班失利，便沒有再把繪畫當成人生中的一個目標，只是偶爾會想起那個在畫室裡立志要當畫家的自己。

人生峰迴路轉，曾經想過要投身劇場、或是進入電視圈，現在反而透過攝影讓自己可以漸漸經濟獨立。集資計畫開始之後，我用自己的力量存了一點錢；最近，也因為工作和上課的關係，讓我再次想起那個曾經很嚮往的繪圖板。

午後，我在門市裡聽著店員示範如何安裝繪圖板的驅動程式，然後從錢包裡掏出這幾個禮拜工作賺來的幾張千元鈔票，突然想起幾年前小小的我，偷偷跑到櫥窗前看著遙不可及、一片片閃閃發光的繪圖板。提著門市的紙袋離開商場，我覺得好飽滿，好像心裡埋藏很久的願望，再次被點亮了。

一個人坐在公車上看著手機備忘錄裡零碎的文字記錄，盤點著這週的日常：和家人一起外出踏青、完成了一些工作、和好喜歡的人們吃了飯，然後好好地和自己所有的快樂與難過相處。我們總在太短的時間軸裡，掂著歲月和夢想的重量前進；但開心的是，我們能夠因著那樣的重量督促自己更努力，然後再因著自己的努力得到那樣的幸運。

公車搖搖晃晃，想著待會回宿舍還有一些工作和作業要完成，但是，抱著一塊不是太昂貴的繪圖板，突然覺得自己幸福得好飽滿。

以前總覺得幸福是一種很奢侈的感受，大概要一百分的生活我才能感到幸福，不然至少也要九十九分吧。不過，現在的我卻覺得，買一個繪圖板犒賞自己，七十分也有七十分的幸福，而這不是太巨大的幸福，剛剛好適合我並不總是那麼完美的生活。走在台北冷冷的街頭，我突然好喜歡自己的平凡，也好喜歡那個因珍惜平凡而更加努力的自己。

七十分也有七十分的幸福，
而這不是太巨大的幸福，
剛剛好適合我並不總是那麼完美的生活。

おいしい牛乳

06 花城的星星

每年春天是台大杜鵑花節，這時總是擠滿好多人，有來賞花的，找同學的，更多的是來找未來的。

讀到大二了，對於身上「首府大學」這個標籤已經沒有當初的熱切，更多的是明白背後所承擔的責任。一直不喜歡升學制度裡「升」這個字所隱喻的，好像某一層面代表了只要努力讀書就能夠促進更好的階級流動，我們心底明白，各行各業之間並不存在所謂的高與低，每個人也有適合自己的所在。

高中時期，我曾經花了好多時間在追尋自己想要的，關於想要往什麼樣的領域發展，或是成為什麼樣的大人。這幾天在科系博覽會，跟學弟妹聊天的過程中，好像看到一顆顆星星被點亮，想起四年前的今天，當時高一的我心中也有一顆星星被點亮了。那天以後的日子，我花了好大的力氣，用成績一點一點往上爬，當時只覺得唯有考上台大才能證明自己的價值，才能像星星一般閃亮。

原本也以為努力考進台大後，就能摘下那顆最大的星，然後一路順遂了。

考進大學之後，才發現人生的路還很長。身旁的人都有一股要往前的衝勁，卻也不停地在自我質疑，聽起來是互相矛盾的，卻也成了二十來歲的我們獨有的倔強。可能是因為在這樣的環境裡要脫穎而出變得相對困難，所以我們得想辦法讓自己變得更優秀，雖然有些時候那只是對於體制的反抗或對現實的不滿。想要維持自我的發展和選擇，免不了得在社會化之前與世界拉扯，我們從小聽了太多別人的期待，卻在努力成為原本認為的人生勝利組後，發現生活其實並不如想像中的輕鬆或無憂。

「我原本是想要當記者的，」我想起一位學姊曾經在科系博覽會對我說。「但那時候的分數上得了台大其他科系，所以便順著父母的期待，先填了台大。」

競爭就像是一片沒有邊際的天空，我們不停地用青春奮力地往上飛，想要抵達社會所定義的、更高的地方。而那片我們真正嚮往的海洋，往往需要我們回歸自己本身，卻從來沒有人問起，甚至連自己都沒有勇氣去探索。

「你快樂嗎？」

我想有一天，我們總要走過所有的曲折與蜿蜒，慢慢成為大人。或許我們從來不知道我們想要成為什麼樣的人，便跟著制度向前，努力走向大家口中的成功之路，或許我們知道自己的興趣所在，所以我們也還在奮力地掙扎，我想，重要的不是我們身在哪裡，而是我們正在前往何方。

後來才發現，其實我們都是星星。

並不是因為我們考上了什麼學校，或是成就了什麼事情而偉大，而是因為我們願意相信自己還有一個堅持的方向、想要完成的夢想，所以我們仍然在天空中閃耀。能夠知道自己的所好，並且用盡全力地前往，這便是最大的幸運了。

我想起那次下著雨的杜鵑花節，我和高中同學走在椰林大道上，路邊的杜鵑花儘管下著雨仍然盛放，我想起那一刻我在心底許下的願望，然後，我想起其後的每一天。

只要一直朝著自己的理想前進，也就燦爛了每一條平凡的路。我們都是星星，在每一片天空裡閃耀的星星。

小さいおっちゃんの店

07 圍牆上的男孩

我們在印度服務的地方有座高高的圍牆，住在附近的小孩會群聚到那裡、好奇底下發生的事。這次到印度因為有任務在身，剛開始沒有很投入在團隊預備的教案，以及與小孩的互動，大多時間都專注在影像記錄，直到圍牆上的男孩對我說話⋯

「Hey! You! Name!」那個下午，他第一次和我對話。他瞪著大大的眼睛看著我，露出燦爛的笑容，「Jessy!」我吼回去，不知道他是不是沒聽清楚，我們來回確認了三、四次。從那之後，他會趁著課程的空檔或是休息時間喊我的名字，請我幫他拍張照；他也會擺出各種不同的姿勢，興奮之情就像是第一次看見相機。

離開之前，我問了他的名字，還特別比手畫腳了一番，怕他聽不懂。「Love! L、O、V、E, Love!」好幾次他都給我這樣的答覆，當下我還疑惑了一下，想說怎麼會有人的名字叫「愛」？後來想想，應該是在英文普遍不流行的印度偏鄉，隨便找了衣服和書本上的單字就當名字了吧，也挺浪漫的。

後來的幾天，只要遠遠看見我們走近，Love就會站在高高的牆上大喊我的名字，我也會朝他揮手，直到抵達牆下。

有天剛好上美術課，我用多出來的教具圖卡畫了一張他的肖像，上面寫「Jessy from Taiwan, Nice to meet you.」然後遞給他，他看著那幅畫，露出了驚喜的笑容，然後就消失在圍牆邊緣。再次出現時，他帶著他的兄弟姐妹，然後指指我，再指指畫，笑得好像擁有了全世界，我從來沒看過那樣真誠的笑容。

現在回想，似乎沒有跟他用英文說過幾句話，大多是叫彼此的名字和比手畫腳，但這樣的交流卻讓我覺得好真實，他的笑容也住進了我的鏡頭，以及那幾天短暫的時光裡。

最後一天，我說了一長串、超過三個字的英文，意思是我可能不會再回來了。我當下沒有去確認他是否聽懂，或許我也不希望他聽懂，更不希望他記得我。所以離開的時候我走得特別快，我的眼淚不停掉、但我還是得繼續走。多麼希望那條路沒有盡頭，我一回頭還是可以望見他朝我揮手的樣子。

突然，遠遠的我聽見「Jessy! Jessy!」我回過頭，看見Love拿著一張紙朝我奔來，他遞給我，上面寫著「Love and Jessy, this is for you.」上頭畫了一個男孩，男孩笑得很燦爛，燦爛到我搞不清楚那是他還是我。當下我不知道要說什麼，只是眼淚一直掉。他擦了擦我的眼淚，對我搖搖頭，叫我不要哭了。

離開之後，我的耳邊響起徐佳瑩的《尋人啟事》，一直唱一直唱，我突然明白可能再也見不到一個人是什麼感覺。唱到後來，我想起那幅畫上的男孩，還有Love的每一個笑臉，才明白那個男孩是他、也是我，燦爛的笑臉是他要送給我的禮物。

我突然就不哭了，明白他要我帶上那樣的笑臉、繼續上路。

08 夢想的重量

秋天就要來了，我們趁著陽光，跑到北國享受最後一片晴朗。

那時我們都在等待轉系放榜，我要轉生傳系，而他要轉到牙醫系，繳交完備審、考完轉系考後，便相約踩遍台北每一片風景，以彌補那些一起窩在總圖奮鬥的日子。男孩比我大一歲，因為他重考的關係我們同一屆。

高一時，他就把牙醫當成夢想。「想要成為牙醫」是我對他的第一個印象，當時的他並不知道這個夢想需要付出這麼大的代價。同年學測時，他就考了不錯的成績，但還是離牙醫系的標準相差三級分，便毅然決然地決定繼續拼指考。後來落榜的他，又再花了一年進到重考班衝刺。

「那陣子的生活很苦，扣掉吃飯和睡覺、每天讀十二個小時的書，但為了成為牙醫我願意忍耐。」男孩說著的時候，彷彿可以看見一個個無盡的夜晚，支撐他的就是那個每次都和他擦肩而過的目標，「我知道這是很多考生必經的過程，但是唯有自己經歷過才懂那種感覺。」

「後來我才明白，很多事情不是犧牲一切去追趕，就能抓得到的。」沒想到再努力一年之後，他仍然與夢想失之交臂。

我想起去年聖誕節時，我們一群人說要一起慶祝，他和我說他不能去，因為要預備隔年的轉系考。當時的我並沒有多問，只是覺得還有一段距離，不用這麼緊張。後來的日子，我很常在圖書館遇到他，一大早約莫七、八點，總圖地下室還空蕩蕩的時候，就可以看到他一個人坐在飲水機旁的位置，身邊堆著一疊又一疊的原文書。好幾次朋友相約要出去玩，他也都以預備考試的理由推掉了。

「就像游泳，水是你唯一的阻力，也是你唯一前進的動力。」在前往北國的公車上他和我說著，牙醫系每年轉系考的名額只有一個，要成功只有近乎百分之一的機率，他只能再一次義無反顧地前往。看著他認真的眼神，也剛交出轉系申請的我，好希望如果可以的話，想要把我自己的機會讓給他。

放榜那天，一早就守候在電腦旁，時間一到先滑到牙醫系的榜單，看著唯一的榜單上寫著男孩的名字，突然覺得他的一切犧牲與委屈都值得了。兩年半、四次大考，曾經也覺得為什麼總是差那一點，但是他從來沒有想過要放棄。

我想起我們一起出去的那天，傍晚的時候夕陽斜斜地沉降，我們散步在鮮少有車輛通行的馬路旁，他走在前頭緩緩地說：「如果這次還是沒有轉成功的話，我會再重考一次。」記得當時的陽光很刺眼，模糊中我有點聽不清楚他說什麼，現在回想起來，一切都清晰了：原來他一直背負著不能失敗的決心在進行著每次的奮力一搏。

不知道是心變小了，還是夢想變大了，能看到他抵達的這一刻是多麼的幸運。所有的眼淚和汗水在這一刻盛開成繁花，綻放在曾經以為凋零的夢想之外。

路還很長，未來總有顛簸的時刻，但我們都要記著自己曾經這麼執著、曾經這麼努力。腦海中浮現他走在前頭晃呀晃的背影，逆著光，夕陽的溫暖灑在我們身後的稻田裡。

親愛的，這是你給自己的。

09 在各自的歲月裡努力

他是我國中最要好的朋友，我們不太像，卻又那麼相像。

原本以為太久遠的記憶會剩下一些細細碎碎的聲響，但沒想到回憶起來卻如此清晰。想起那些燥熱的放學時光，我們一放學就衝到學校旁邊的飲料店，點一杯半糖少冰的飲料，在夏天的午後聽著冰塊撞擊、發出喀啦喀啦的聲響。擁擠的公車、叛逆的七彩髮色，以及書包上各式各樣的塗鴉，充斥著我們不安的十五歲。

那時候的我很害怕冒險，屬於上課不小心睡著、忘了帶作業而遲交就會感到不安的乖學生；而他則是那種不太在乎老師眼光，不上課、也不太考試的頑皮學生。「我想要當麵包師傅。」記得國二某天的下課，他抱著幾本食譜，用熾熱的眼神對我這麼說，那是我第一次看見他這麼認真的樣子。

在那個大家都只知道拼了命讀書、想要考上好高中的年代，擁有自己的夢想好像是一件很偉大的事。若你問那時的我要做什麼，大概只知道要很認真讀書、考上一個不能太差的高中吧。那天之後，他會和我分享他在烘焙班學到的各式技巧，偶爾讓我品嚐一下他的手藝；我們好像各自擁有不同世界的人，但是透過彼此的窗戶，可以望見另一扇風景。那時遇見彼此的時光正好，單純、沒有顧慮，還不夠成熟，所以覺得任何事都有無限可能。

後來，國三那年，努力讀書的我考上了算是滿意的高中；而之後再也沒碰書本的他，因著在烘焙領域的幾張證照，以技保生的身分進入高職餐飲科的第一志願。畢業後的我們，告別了那個什麼也不懂的年紀，大把的青春和稚嫩就留給那年六月盛開的鳳凰花。隨著距離和領域的不同，我們很少再見到彼此。有時候還來不及抱怨時光太短暫，回過神才發現原來我們已經這麼久沒有見面了，但是像這樣短暫的旅行和分離，從來沒有讓我們真正的告別。

前幾天見到他，離我們上次見面已經有一年多了，長到一百八十幾公分的他，已經讓人認不出就是當年那個胖胖的毛頭小子。他和我說，餐飲科畢業之後，便沒有繼續升學了，現在在一間蛋糕店當學徒，不過最近要辭職了，幾個月後打算出國進修，到日本東京精進他的烘焙技術。「在職場待了一年多，意識到自己欠缺了點什麼，靠自己的力量存了點錢，是時候把那些缺少的補回來了。」我看著他滔滔地說著，想起好幾年前他也是這樣用閃閃發亮的神情跟我描述他的夢想，只是好多年過去了，看著他還在相同的道路上用盡全力向前，我明白，同樣的路要一直走一直走，才有可能到達想像的終點。

告別的時候，我們都有點感慨，然而，日子用它一貫公平的方式在我們各自的歲月裡流動，當我們都在為未來努力時，也像是確信我們會在未來的某一刻再相遇。

他是我國中最好的朋友，我們不太像，卻又那麼相像；我們在不一樣的領域前進，也相信著彼此會一直前進。

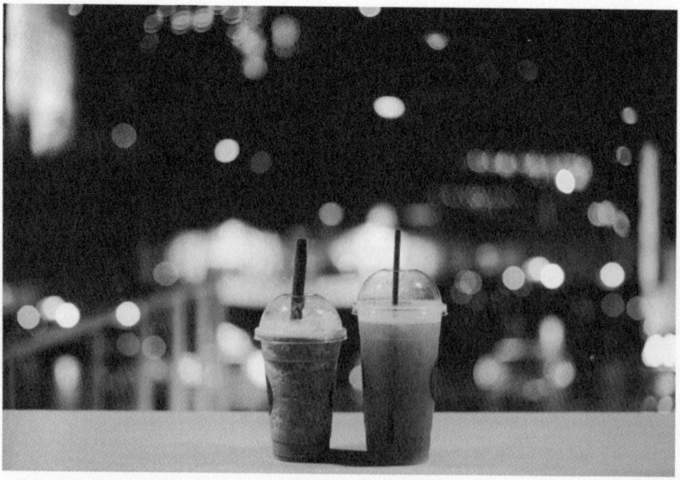

10 不平凡的路

她們兩位是就讀輔大的女孩，今年就要畢業了，和我相約在早晨，說是想要記錄下她們最後在校園裡的樣子。記得那天的空氣很冷，一大早就望見兩個女孩從潮濕的深色木頭階梯走下來，遞給我一杯熱拿鐵，應該是剛在便利商店買的吧，摸著杯套上的餘溫讓我整個人都暖和了起來。

她們是護理系的同學，雖然同班四年，卻是等到大三被分配到同一個實習單位，才和對方成為要好的朋友。「大概就是些許的焦慮感，搭配一點期待和準備失落的感覺，走到現在，慶幸的是提早體驗了一些不順遂，與越來越真實的世界碰撞後難免覺得委屈，但這就是社會新鮮人難免的過程吧。」我問起她們即將畢業的感想時，叫阿貝的女孩和我說：「以前會懷疑這條路是不是適合我，但是最近開始學會在工作中找到自己的步調，找到小小的熱情支撐著自己，才開始真正地喜歡這條正在前進的路。」

我們沿著她們大學四年的生活軌跡，繞著校園邊走邊拍。「哇，都已經要畢業了，才發現原來輔大有這麼多漂亮的地方。」「對呀，以前都只是路過，從沒認真把校園都走過。」來到一個小山坡時，女孩們和我介紹這是輔大的情人坡，只要是情人就會來這兒散步。「我們一起在這兒拍照了，以後我們誰嫁不出去，另一個就要娶對方喔！」她們看著彼此笑了出來，眼睛裡藏著只有彼此才知道的秘密與心事。

拍到一半，天色突然轉灰，飄起了綿綿細雨，我們跑到校門口旁的郵局躲雨。一邊擦拭著被雨淋濕的鞋，我一邊好奇地問起畢業之後的打算。阿貝和我說，希望工作個幾年後，能夠到美國考取護理師執照，這是她一直以來放在心上的夢想，另一位叫阿婷的女孩笑著看著她：「趕快去啦！這樣以後我到美國才有人可以照顧我。」兩個人又咯咯地笑了起來。

等到雨停了之後，天空被染成了淡淡的藍色，我們一路逛回公車站，順便在校門口留下幾張穿著學士服的照片。走去搭車的同時，她們一邊和我說著她們相遇的過程，一邊複習著她們一路以來共同經歷的種種。「我們的故事很日常，在別人眼中或許也很平凡，但就是這些慢慢努力、慢慢堆積，才有今天這樣的我們。謝謝你和我們一起度過這麼棒的下午。」道別的時候女孩們和我說，一邊抖掉身上殘留的雨珠。

回程的路上，拿著已經涼掉的咖啡、一路搖搖晃晃。我想起女孩和我分享的種種煩惱，都是好平凡的事，那樣的平凡裡包含著夢想的燦爛，卻也同時包含現實的無奈。我們會因著夢想而走得堅定；但能讓我們走得踏實的，卻是現實。

生活是累積的過程，每條走過的路都將成為一盞燈，照亮看似模糊的以後，讓未來的路隨著我們的前進而逐漸晴朗。明天的輪廓不一定清晰，但我們可以找到讓今天過得自在的方法，因珍惜而偉大、也因我們擁有平凡而不凡。

11 趁我們還敢做夢

學長是戲劇系五年級的學生，延畢一年，今年將輔系修完就要畢業了。認識他是在一場戲劇系的公演，真誠的演出讓我對他的印象特別深刻。因為是戲劇科班出身，時常要參加一些電影、廣告、劇場的試鏡，履歷上需要生活照，我們便相約在彼此都有空的下午拍照。

我想起自己也曾經有過劇場夢，想要奮不顧身地投入劇場裡，浸泡在自己想像中的藝術領域。高中三年都以戲劇系做為目標的我，還記得每每和朋友或長輩說起我想要讀純藝術，總是得到不諒解的眼光，我才知道所謂的夢想有主流與非主流、現實與想像之間的落差；但十八、九歲的我並沒有因此感到喪志，反而更加地堅定要往劇場這條路走，不知道那是傲骨還是與生俱來的明知山有虎、偏向虎山行。

大學在陰錯陽差之下，進入了中文系，大一的我為著轉系做預備。一直相信自己這輩子就是要走藝術的，直到一年級下學期參與學校藝術季的劇場演出。從年底的徵選到隔年五月的售票演出，我們幾個素人要在短短的時間內被培訓成可以上場的劇場演員。排戲的過程非常辛苦，日日夜夜不停地掏空自己、和自己的角色相處，週末時導演修戲後一切再打掉重練。那陣子接觸了很多戲劇相關行業的學長姐，看著他們憑藉著熱情支撐自己的生活，便開始質疑自己對未來的期待和對夢想的想像，包不包括現實的考量。

記得那是一個星期六的傍晚，剛離開排練室的我，一個人想著台詞，走在學校椰林大道旁的小徑。我被遠遠的體育館後方草皮擁擠的人潮所吸引，原來是學校正在舉辦音樂節。台上的歌手唱著，台下飄著毛毛雨，穿過一片五顏六色的雨傘海可以看到舞台上掛著斗大的標題「趁我們還敢做夢」。那是那一年音樂節的主題，幾個字重重地打在我的身上。

「趁我們還敢做夢。」

「後來，我大二轉系時、放棄了戲劇系。」我轉頭和走在後頭的學長說，「我發現劇場並不如我想像的那般浪漫，我不知道熱情夠不夠支撐我走五年、十年。」當我說出這句話的時候，好像成為了那種口口聲聲批評著資本主義、自己卻也是資本主義底下的既得利益者，「但我一直說服自己，這只是在進行一個去蕪存菁的過程，去掉不適合的、留下比較適合走的路。」

後來我才明白，現實也是構成夢想的一個元素，就像自己的喜好、他人的意見，現實就是其中之一的考量，只是很多時候我們不願意承認。

我們走到戲劇系館前，拍下學長這幾年生活的地方。他一邊望向鏡頭，一邊緩緩地說：「我想當一個演員，而不是一個明星，但外面的世界是很現實的，你的身高、你的外表才是先被考量的事。我從沒想過畢業後要當演員，最重要的首件事不是要會演戲，而是交得出漂亮的照片。」望著系館，並且說起之後的故事，我從他的眼裡看到，他還是深深地相信表演，只是對於演員的信念改變了。

我深信還有好多優秀的藝術工作者正在為他們的夢想奮鬥，有些被看

見了、有些還在默默耕耘，或者有些像我，還沒開始就轉彎了；但我們都曾經這麼相信夢想、相信藝術能夠帶給人們力量。

我想，沒有一條路會是白走的，不管這條路我們有沒有堅持到終點。後來關於劇場的喜好並沒有消失，只是它成為了我的一種眼光、一種觀點，偶爾有空閒時，我也喜歡進劇場看看戲、上網看看劇評。

我和學長說，我想要拍下他燦爛的笑容，因為我曾經在劇場裡看到他那樣的真誠和熾熱，「我還是會努力當一個演員。」他和我說。

「趁我們還敢做夢，潛台詞好像是在預言有一天我們就不會這麼做了，」我看著他在鏡頭裡笑得燦爛的樣子，「但是我相信你可以的，你會做完這場夢、然後實現它。」

致我們每一段做夢的時光，致我們每一個無論有沒有實現的夢想。

12 為我留的光

「音樂就像光一樣，它是沒有方向性的，若是可以照亮別人，那麼，也一定可以照亮自己。」

他們是四個高中同學，因為一起製作畢業歌而認識，畢業後便組成了一個創作樂團。從來沒有想過以音樂為職業的他們，卻因為音樂而聚在一起，現在雖然各自散佈在不同大學，但還是常常聚在一起創作、唱歌。他們偶爾會發佈一些創作歌曲在網路上，最近要辦獨立專場演唱會了，希望我為他們留下一些記錄。

「印象很深刻，那一次是我們剛開始的幾場演出，但那天的硬體設備出了點狀況，團員的狀態也不是很好。總之，整個表演後我們都很沮喪。」男孩一邊調著吉他的音一邊說著，「結束之後，和團員一起到附近的餐廳吃飯，我們檢討著當天的問題時，有個女孩遠遠地走過來，對我們說，謝謝我們創作的《來自我自己》，在她低潮的時候給了她很大的力量。」看著其他團員認真聽著的神情，我們好像一起回到了當時餐廳的桌邊，「那首歌是我們成團後寫的第一首歌，當時也是報著姑且一試的心態放到網路上，沒想到竟然能幫助到別人。很驚訝吧，原本對自己的作品沒什麼自信，但那個陌生女孩給了我們繼續的動力。」

燈泡在離焦的時候會暈開，變成一點一點的光暈，我想音符也是，敲進心裡的時候也會暈開，成為每個記憶場景的背景。「對我來說，創作音樂最重要的，就是『真誠』，所以大多的靈感都來自我們的生活。」男孩說，他每天都會將瑣碎的想法化成旋律、記錄下來，生活中的小事堆積起來是日常，那一點一點的旋律串連起來，就成了一首能夠唱進心坎裡的歌。

記得第一次聽到他們的歌聲，是一首叫《為我留的光》。女孩說，那是一首原本要送給朋友的聖誕禮物，但後來發現，它其實可以成為許多人的安慰。

「為什麼要用光這個字啊？」我好奇地問，想起攝影這門技術也是離不開光的，但光不僅僅是指物理性上的光，可能是生活裡想記得的事物、或是記憶中美好的場景。「生活不盡然是全然美好的，所以光有另一個特性，就是能穿越所有縫隙，一點點的光就能照亮黑暗。」女孩說，她自己在創作的過程中也得到了很多安慰和快樂。「所以光對我來說，就是音樂。它是一種沒有隔閡的改變方式，可能跟政治無關，但可以深入每個人的心中，還能不時的幫助到人。比方說，有個人很開心，或者很難過，他聽到你的音樂，就成為一種陪伴。」

剛開始無心的起頭、成團，到現在也快兩年了，還要繼續走吧，繼續成為光；我想起了剛開始接觸攝影的我，大概也是抱持著這樣的心情在創作，一路走、也走到了這裡，「剛開始是我們為周遭的人留的光，直到後來才發現，這道光是會照回來的。給出去的同時，也是我們留給自己的光。」

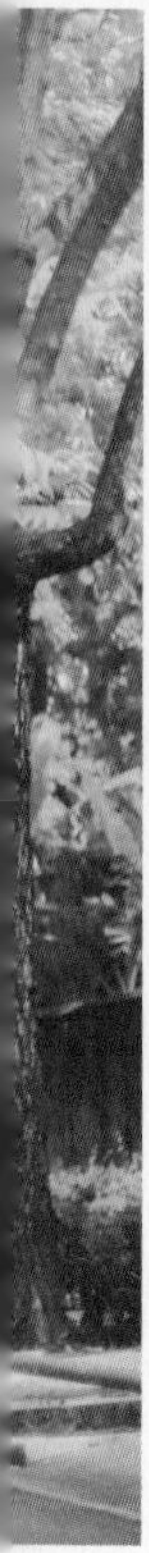

Control T / 風潮音樂經紀

特別感謝

謝謝我的父母
謝謝妮曦、睦曦、約曦、暎曦
謝謝川

謝謝悅知
謝謝小世、小花、娟娟
謝謝 pintree

謝謝每一位參與集資的人
謝謝每一位創作的前輩
謝謝張西

謝謝看到這裡的你
謝謝你們
走進了我的景深

傑曦 2017.august

國家圖書館出版品預行編目資料

謝謝你走進我的景深 / 蔡傑曦著 . -- 初版 . --
臺北市：精誠資訊, 2017.08
面；　公分
ISBN 978-986-95094-4-2(平裝)

855　　106011127

建議分類：華文創作、散文

謝謝你走進我的景深

私の人生のストーリに
入ってくれて、ありがとう

作　　者 | 蔡傑曦 jc.tsai
發 行 人 | 林隆奮 Frank Lin
社　　長 | 蘇國林 Green Su

出版團隊

總 編 輯 | 葉怡慧 Carol Yeh
企劃編輯 | 鄭世佳 Josephine Cheng
封面裝幀 | 木木 Lin
內頁設計 | 木木 Lin

行銷統籌

業務經理 | 吳宗庭 Tim Wu
業務專員 | 蘇倍生 Benson Su
業務秘書 | 陳曉琪 Angel Chen
莊皓雯 Gia Chuang
行銷企劃 | 朱韻淑 Vina Ju
鍾依娟 Irina Chung

發行公司 | 悅知文化 精誠資訊股份有限公司
地　　址 | 105 台北市松山區復興北路 99 號 12 樓
專　　線 | (02) 2719-8811
傳　　真 | (02) 2719-7980
悅知網址 | http://www.delightpress.com.tw
客服信箱 | cs@delightpress.com.tw
初版一刷 | 2017 年 08 月　初版三刷 | 2017 年 08 月
建議售價 | 新台幣 340 元

本書若有缺頁、破損或裝訂錯誤，請寄回更換
Printed in Taiwan

ISBN | 978-986-95094-4-2

* 劉力維：敘陸閱讀推廣
紀州庵 2/17，2/24.

確認時間後，活動 banner 設上去

* 大樹．羅怡君．
校園卷．

* 汀州．
何義仁民權．（不用）．
3月．（

* 圖書館 出國．

* 2/17 — 2/27.

* 我們每天的距離．．
* 2月底之前做好．

* 陳茂賢
徐杏霞．
~~陳譽蓉~~ 陳鈺綺

* 讀書會影片（文學底層的感覺）
聊天的感覺．
~~拍攝~~ 拍攝《撰寫食堂》